BOLOLÔ

Ricardo Maurício Gonzaga

BOLOLÔ
Gaiola vazia

Editora Senac Rio – Rio de Janeiro – 2024

Bololô: gaiola vazia © Ricardo Maurício Gonzaga, 2024.

Direitos desta edição reservados ao Serviço Nacional de Aprendizagem Comercial – Administração Regional do Rio de Janeiro.

Vedada, nos termos da lei, a reprodução total ou parcial deste livro.

Senac RJ

Presidente do Conselho Regional
Antonio Florencio de Queiroz Junior

Diretor Regional
Sergio Arthur Ribeiro da Silva

Diretora Administrativo-financeira
Jussara Alvares Duarte

Assessor de Inovação e Produtos
Claudio Tangari

Editora Senac Rio
Rua Pompeu Loureiro, 45/11º andar
Copacabana – Rio de Janeiro
CEP: 22061-000 – RJ
comercial.editora@rj.senac.br
editora@rj.senac.br
www.rj.senac.br/editora

Gerente/Publisher: Daniele Paraiso

Coordenação editorial: Cláudia Amorim

Prospecção: Manuela Soares

Coordenação administrativa:
Vinícius Soares

Coordenação comercial:
Alexandre Martins

Preparação de original/copidesque/
revisão de texto:
Andréa Regina Almeida

Projeto gráfico de miolo/capa/
diagramação: Priscila Barboza

Imagem (capa e miolo):*
Ricardo Maurício Gonzaga e
Roberto Tavares

Impressão: Coan Indústria Gráfica Ltda.
1ª edição: outubro de 2024

CIP-BRASIL. CATALOGAÇÃO NA PUBLICAÇÃO
SINDICATO NACIONAL DOS EDITORES DE LIVROS, RJ

G651b

Gonzaga, Ricardo Maurício
   Bololô : gaiola vazia / Ricardo Maurício Gonzaga. - 1. ed. - Rio de Janeiro : Ed. SENAC Rio, 2024.
   216 p. ; 21 cm.

   ISBN 978-85-7756-534-4

   1. Ficção brasileira. I. Título.

24-94369

CDD: 869.3
CDU: 82-3(81)

Meri Gleice Rodrigues de Souza - Bibliotecária - CRB-7/6439

*Tartaruga dois cabeças, 1984, plástico, madeira, dobradiças e tinta acrílica sobre madeira compensada, 79 cm x 116 cm (detalhe).

A raiva tinha arrebatado o meu lápis
enquanto eu sonhava.
(Virginia Woolf; *Um teto todo seu*, 1929)

No entanto ao seu redor as coisas
viviam por vezes tão violentas.
(Clarice Lispector; *O lustre*, 1946)

Não, meu coração não é maior que o mundo.
É muito menor.
Nele não cabem nem as minhas dores.
(Carlos Drummond de Andrade;
Sentimento do mundo, "Mundo grande", 1940)

Houston, temos um problema.
(Filme *Apollo 13: do desastre ao triunfo*)

À Bárbara, minha filha, cuja luz é
mais forte que qualquer escuridão.
Ao Lourenço, meu filho, que leu e me
abraçou, desatando nós.
À Marina, dona do meu presente e do
meu futuro, junto a mim sempre, na
história que escrevemos juntos.
Ao Guti, meu irmãozinho.
À minha mãe.
Ao Pitoco, por uma ligação totêmica
que terá talvez me permitido
esta escrita.

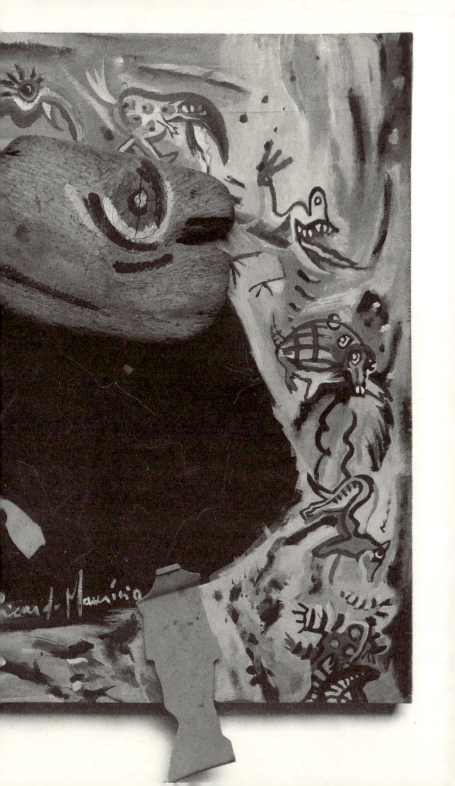

Sobrenome: perigo

Naquele dia o pai saiu para nunca mais voltar. Roque ainda se lembrava da porta batendo com força, ecoando na perna quebrada como uma agulhada. Merda. Só faltava essa: perna quebrada doer por causa de porta batida. Naquele momento ainda não sabia que o pai não voltaria. Ou sabia? Roque chorou. Mas foi de dor na perna. Ou não. Cachaceiro de merda, pensou. No quarto, o único quarto, a Mãe chorava baixinho. Como sempre, merda. Vida de merda. Lá fora, no frio, o passarinho na gaiola parecia não saber que tudo ia mudar depois da porta batida. Ou sabia. Parou de cantar um pouquinho e depois retomou: ti-ti-ti. Passarinho burro: preso e cantando. Às vezes tinha vontade de torcer o pescoço do bichinho: tchá, assim rapidinho, ele nem ia perceber que morria, não ia sentir dor nem nada. Mas não tinha coragem: morria de medo do irmão. Sol adorava o passarinho, era praticamente a única coisa que o trazia de volta para casa. De manhã chegava de bicicleta, trocava a água, o jornal, só voltava à noite para guardar a gaiola. Roque gostava de vê-lo cuidando do bicho, mudo, calado como sempre. Achava bonito aquele silêncio. Sol. Sol Perigo. Mas agora não estou com vontade de contar essa parte.

Perigo. Sobrenome esquisito, diziam os meninos na escola, quando ele ainda ia. Perigo: estranho, esquisito. Ele não achava, só tinha esse, até gostava. Mas com os outros estranhando passou a reparar: Perigo. Era estranho mesmo. Perigo. Estranho. Esquisito. Passou a gostar mais ainda: Roque Perigo.

Vinha do pai o perigo. Da mãe não vinha. Mais nada vinha da Mãe. Só um choro baixinho atrás da porta.

Um dia o pai levou uma pedrada. Ninguém entendeu nada. A pedra veio voando e acertou o pai no meio da testa: pou! De onde veio essa pedra, meudeus, da mata, do lago, ninguém sabia. O pai caiu desmaiado num baque e um filete de sangue escorreu, primeiro fininho, depois foi engrossando, engrossando, virou rio, torrente, parecia que não ia parar nunca mais, Roque ficou com medo de se afogar. E com vontade de chorar. Começou a rir. Ria sem parar, achou que ia rebentar de tanto rir, perdia a respiração de tanto rir, ria, ria, ria. Ouviu muito de longe a mãe chorando, a irmã berrando, mas não ligava, só ria, ria, ria. Foi aí que teve a primeira convulsão.

Roque Perigo. O nome? É porque o pai gostava de roque. Roquenrol. Também parece que tinha um antepassado baiano. Roque de quê? Não sabia. Ele sim: Roque Perigo.

O diabo é que Roque sabia, não sabia como, só sabia que sabia, que Gato, seu irmão caçula, tinha jogado a pedra. Impossível, pensava, Gato estava dentro de casa quando a pedra veio voando. Impossível. Mas Roque sabia: foi ele. Gato Perigo: foi ele. (Gato era muito bom em jogar pedra. Muito bom mesmo.)

É que o pai chutara a barriga do cachorrinho do irmão. Cachorro do Gato. Gozado, Roque pensava. Cachorrinho, passarinho. Os irmãos tinham seus bichos de estimação. Ele não. Preferia não ter. Preferia não ter nada. Nem a aranha. Nada. Música, aliás, também não tinha. Música. Música Maria. A irmã. Vinha depois dele, antes do Gato. Às vezes pensava que só Música o entendia. Mesmo depois do caso da aranha.

Música Maria. O pai não quis que ela tivesse o sobrenome. Perigo? Gritara. Música Perigo? Queria que fosse só Música. Então a Mãe bateu o pé — ainda batia: só Música não, de jeito nenhum. Nem pensar. Então vai ser Música Maria. Sem sobrenome? Sem sobrenome.

A porta bateu. E tudo ia mudar. Roque não sabia. O passarinho sabia: ti-ti-ti.

Sol Perigo. Roque Perigo. Gato Perigo. E Música. Música Maria. Fim da história. Quer dizer, tem mais, muito mais, mas agora não tenho tempo de contar tudo. Também nem sei se te interessa. Se quiser, depois eu conto.

Por enquanto é isso: quatro nomes, quatro irmãos. O resto eu conto depois. Ou não. Vai depender de você.

Mas olha, vou avisando: dá medo.

Bololô

Certo: você ainda está aí. Vou continuar: bololô. É o nome. Não é outro irmão, não, você vai ver.

Gato canta

Manhãzinha ou era madrugada ainda. Roque ouviu um som suave, sussurrante. Seria o vento. Teve um pouco de medo. E pensou nos segredos do lago, da mata. Nos mistérios. Então o som parou. Silêncio. Recomeçou e Roque pensou: é gente. Sentiu um calafrio: alma penada seria. Essa não é a música do vento, vento não canta assim. Levantou, resolveu sair. Enfrentar o medo. Bem que tinha vontade de ver uma alma penada. Conhecer como era, com o que se parecia. Abriu a porta. Devagar. Tudo cinza. Nublinando.

Gato estava sentado no chão da varanda, num canto, com as pernas cruzadas, as mãos nos joelhos. Os olhos fechados, a boca parecia fechada também, como podia sair música dela, Roque franziu a testa. Que sons aqueles. Não era possível que viessem de boca de gente. Entravam pelo ouvido, inundavam tudo lá dentro e refrescavam a alma, Roque pensou. Se eu tivesse alma.

Sou feliz, achou. Tenho um irmão, ele se chama Gato Perigo e canta. Uma música de maravilha. Música. Uma música maria: irmã. E as palavras, os versos. Também. Eram uma lindeza só: falavam pedras preciosas, doces, sorrisos. Mistérios: beijos. Gato tinha inventado aquilo tudo? Como é que pode. Ou tinha encontrado na mata, no lago. Roque não sabia se era possível achar música e palavras bonitas na mata, no lago. Roque se recostou na parede da varanda e fechou os olhos, em pé. Sonhava sem dormir. Friozinho bom, felicidade.

De repente a porta abriu e outro som invadiu. Som não: barulho, ssshhhhhhhi, lixa áspera varrendo tudo, parando com mais força no final: shi. Silêncio. Gato parou, abriu os olhos. No susto, Roque também arregalou. Viram: bigode do pai. O pai. Parado na porta, raiva na cara. Magro. O dedo no bigode, duro: shi.

Sumiu pra dentro. A porta bateu. Ficou o silêncio. Do lago, da mata. Tudo quieto. Tudo. Nem os grilos, nem os sapos. Não cantavam mais. Silêncio.
De alma penada.

Esse menino: Gato

Esse menino: Gato. Às vezes Roque ficava pensando. Olhando. Não parece gente, não. Nem parece. Parece mais bicho. Será que era porque vivia na mata, no lago. Não saía de lá. Embrenhado. Dia inteiro. Daí a cara de bicho, Roque pensava. Tinha até medo de levar uma mordida. Aliás, uma vez tinha levado uma. Quando eram pequenos. Doeu muito, depois inflamou. Semanas até sarar. Para falar a verdade, ele não crescera muito. Gato. Magrinho, mirrado. Mas ágil. Ágil como o quê. E aqueles dentes. Pontudos. Um bicho, mas que bicho seria. Roque não sabia. Gato mesmo, talvez. Ou rato. Um gato rato. Mau. E os dentes. Às vezes ria, mas não era bem riso: mostrava os dentes. Assim de repente. Você está passando, dá de cara com ele e ele mostra os dentes: rápido. Como se risse, só que não era riso. Esgar, seria: Roque não conhecia a palavra. Esgar. Ia gostar de conhecer. Depois desapareciam. De volta para a boca. Os dentes.

Dava medo, Roque pensava. Mas gostava do irmão. Irmãozinho. Dele: caçula.

Às vezes Gato sumia. Semanas. A Mãe ficava desesperada. Sempre. Bota uma camisa, menino. Pelo menos. Gritava baixinho. Bobagem, Roque se ria por dentro: quando alguém viu Gato de camisa. Não que ele mesmo usasse muito, também só tinha uma. Sol, sim. O pai. Limpas, lavadas. Pela Mãe.
Mas isso foi antes.

Gato sumia: dias sem voltar pra casa. Roque já estava acostumado. Pensava: o que ele estará comendo, na mata, no lago. Peixe, só peixe?

Uma vez vira o irmão na beira do lago, na mata enterrando os dentes num peixe. Na cabeça. Peixe grande. Cru. Ainda vivo. Com fome, parecia. Voraz. Roque estremeceu. Depois ficou pensando como tinha conseguido. Pescar. Com quê. Com as mãos seria. Devorou tudo, mastigando com força. Não sobrou nem um pedacinho. Que nojo: tripas, tudo. Lambeu os dedos. Só de pensar, Roque tinha vontade de vomitar.

E o cabelo. Aquele. Nem parecia cabelo. Um ninho: de magafagafa. A tal, dos sete magafagafinhos. (O certo é mafagafo: mafagafo, mafagafinhos. Ã. Nada, esquece, continua.) Ninho. De magafagafa. Sete. Se existisse, devia ser assim.

Nunca cortou: se viessem com a tesoura sumia, um dia inteiro, dois, três, uma semana, duas. Mês. E meio, dois. Sumia. Desistiram.

E o cachorrinho. Quando Gato chegou com o bichinho, o pai fez cara feia. Roque achou que ele ia gritar: não quero isso, some com isso. Aqui não. Não gritou. Olhou. Voltou pra dentro.

Roque teve medo de que Gato comesse o bichinho. Mas não comeu: ficava brincando com ele o dia inteiro, rolando pelo chão, correndo, pulando. Na terra, na lama. Ensinou o pequeno a nadar no lago. Roque nunca tinha visto o bicho comer. Nada. Comia o quê. Peixe seria. Tripas. Roque não sabia. Mas nadava como o quê.

Tanta coisa que Roque não sabia. Pensou. Do irmão, da vida do irmão, do cachorrinho. Mas gostava muito dele. Disso sabia.

Não sei se era verdade que comia terra. Gato. Se comiam: ambos, cachorrinho também. Roque também não sabia e vai detestar saber que estou escrevendo isso. Se chegar a ler.

Não sabia, porque era confuso: se tinha visto ou sonhado aquilo era a pergunta, que nem queria se fazer. Quem quer. Você quer, eu não quero. Muito menos seria capaz de responder: não sei. Não vi, não sonhei. Talvez fosse a obstinada dúvida que o perseguia: do que se alimentava ele. Eles.

Um dia olhando para Música com a dúvida na cabeça prestes a transbordar pergunta, vislumbrou, num cruzar de olhos: ela sabia. Sabia o que seria perguntado, se fosse, e sabia também a resposta. Não perguntou. Claro: foi o asco, o nojo, ou o medo, à beira do pânico, que flagrou no olhar dela que o impediu, não saberia dizer. Calou-se. Algumas coisas é melhor calar. Os mistérios.

Gato falava? Roque pensou. Não se lembrava de ouvir Gato falando coisa alguma. Nada. Nunca mais. Ou nunca. A última vez que ouvira a voz dele foi no dia do canto. Lindo, aquilo. Mas seria verdade, tinha acontecido de verdade, Roque se perguntava, não tinha certeza.

Não era como o silêncio de Sol. Sol era quieto pelo mesmo motivo que tinha ido embora, Roque sabia. Só não sabia qual era esse motivo. Achava que tinha que perguntar para Música: certeza que ela sabia. Mas por enquanto Sol ainda não foi, está por aí. Depois quando chegar a hora de ele ir eu conto.

O chute

Sai desgraça. Bicho imundo. Daí o chute. E andou. Chutou, falou e andou. Sai desgraça.

O bichinho, feliz, rebolava no chão. Coisa de cachorro pequeno, feliz. Cachorrinho. Bicho imundo: falou. O pai. Roque olhou para a cara do irmão. Leu: bicho imundo, bicho imundo, bicho imundo. Daí a pedrada. Veio daí: mais do que do chute, das palavras. Duas: Bicho. Imundo. E outra: desgraça. Pronto. O que sai da boca do homem.

Pedrada

Daí a pedrada. Naquele dia. Quando Roque se recuperou da convulsão, a Mãe e Música foram cuidar do pai. Que acordava, zonzo. Fizeram curativo. Roque entrou em casa. Estava com nojo. E raiva. Do pai: era um absurdo, pensava, mas era isso que sentia. Nojo. E raiva. Dele. Como se merecesse. Merecia.

Entrou em casa. Gato estava deitado no chão. Com o cachorrinho. Abraçado. Ria. Aquele riso dele, que não era riso. Dentes, só dentes. À mostra. Engraçado é que o cachorrinho também ria. O mesmo riso. Dentes, só dentes. Ficaram assim. Abraçados. No chão. Música entrou. Viu. Quieta. Roque saiu. Foi para a beira do lago, se encostou numa pedra, dormiu o dia inteiro.

Essa menina: Música

Essa menina. Música. Música Maria. Como trabalhava, Roque pensava. Ajudava muito a Mãe. Para ser sincero, ajudar ajudava no começo, porque depois a mãe foi parando, parando, parou. De trabalhar. De vez. Não tinha mais tempo, mais forças para nada, além de chorar. Chorava, chorava baixinho, atrás da porta, já contei essa parte. Roque detestava aquilo. Pensava: o que é que Música acha disso. Mas nunca ia conseguir saber: Música só continuava a trabalhar, quieta, calada.

Depois Música começou a rezar. Mas isso foi depois.

Esse rapaz: Sol

Sol detestava o pai. E Roque queria saber por quê. Na verdade, era doido pra saber por quê. Mas agora ainda não estou com vontade de contar esta parte.

Juvenal Lata

Juvenal Lata. O pai detestava esse homem. Juvenal detestava o pai também. Ódio. Ódios. Vizinhos. Os dois sítios: colados. Separados pelo arame farpado. E mais, muito mais.

Um dia Roque chegou da escola — ainda ia — e viu os dois homens parados, um de frente para o outro, calados. Na beira da estrada. Roque viu facas nas mãos, facões seriam, não se lembra. Não tem certeza. Vão se matar, pensou. O tempo parou. Depois, cada um andou para um lado, se afastaram. Que alívio, Roque sentiu.

Bololô

Entrar na mata, decidiu, no lago. Se decidiu: tenho que. Entrou. Foi aí que viu. Não viu de cara, não, direto. Primeiro ficou andando meio perdido. Zanzando. Tinha vindo fazer o que ali mesmo. Não lembrava. Medo, tinha decidido que não, nada de sentir medo. Os lobos: lembrou. Procurar os lobos.

Mas onde, não sabia. Tinha esquecido de perguntar ao passarinho. Mas desde quando passarinho entende dessas coisas. E se entendesse, como ia contar: ti-ti-ti, Roque não falava língua de passarinho.

Mas estou adiantando essa parte: nem falei dos lobos ainda. Daqui a pouco falo. Mais pra frente. Roque pensava nisso, andando: nos lobos. Queria encontrar. Queria e não queria. Andou, andou. Pela mata. Muito. Parou. Descansou. Chão duro, terra fria. Estava com fome. Estava: não sabia. Estava com um vazio. Dentro, fora, onde, não sabia. Muito escuro lá. E frio. Foi aí que viu.

Não podia ter visto aquilo, sabia. Era os mistérios. Da mata, do lago. Não podia ter visto: sabia.

Um bololô. Vivo. Grande. Nojento. Um bololô. Úmido. Roque viu: pingando. Apavorou, aquilo não era mais medo. Não tinha como controlar sentir: um bololô, quase do seu tamanho. Vertical, uma coluna. Vivo, escorregadio. Muitos organismos. Atracados. Pegajoso. Escuros. E claros também. Esverdeados. Arroxeados. Marrons. Minhocas. Seriam. Cobras. Seriam. Ratos. Sapos. Morcegos: seriam. Patas. Rabos. Entrelaçados. Vivos. Intumescidos, escorregadios. Num bololô. Que nojo. Roque teve. E o barulho: um murmúrio. E gritos, gritando. Vez em quando um berro. E sopros, assopros, escarros. E peidos. Mijos. Roque podia ver o cheiro. Sentir. Pegar. O gosto. Mesmo de longe: sólido feito bala na boca. De veneno, mas um veneno doce. Chegou mais perto. Ficou com vontade de entrar, se juntar ali. Seria aquilo os lobos. Seria? Não: os sapos, os ratos. Gambás. E lagartixas. Roque viu um rabo. Rabinho: do cachorrinho. Então o bololô começou a balançar. Tremer.

Gemia. Roque: parar de olhar. Precisava. Queria. Não queria. Ir embora. Voltar pra casa. Não conseguia. Ritmo aumentava. Bololô gemia. Arfava. Gania. Girava, Roque pensou. No frêmito, Roque sentiu: vai explodir. A cabeça: também. Não aguentava mais. Tinha que fugir dali. Da mata, do lago. Voltar pra casa. A cabeça rodava, tonto. Zumbido no ouvido. Devia ter perguntado ao passarinho. Não perguntou. Agora tarde. Era. Foi aí que viu. Primeiro o focinho do cachorrinho: arfava. Depois a boca. De Gato. Braço, perna, pé. Ombro. Pescoço. Com cobra, rabo. Era ele ali no bololô: comandava, embolado. Embalado. O ritmo, o mistério, o gozo. Da mata, do lago. Zunido: zunia. Explodiu num urro. Um só urro. De prazer. E dor.
Roque fugiu.

Zuphia

Zuphia. Zuphia Faro. Uma menina. O pai era caçador: Zacarias Faro. Zaca: Zaca Faro. Bom caçador. De paca, de tatu. De cutia também.

Três amigos

Eram: Juvenal Lata, Zacarias Faro e o pai: perigo. Então só Zacarias podia contar o motivo da briga. Do ódio. Talvez contasse se Roque pedisse. Ou Zu: Zuphia. Se Roque pedisse, perguntava para o pai. Perguntava?

Roque queria saber. Conhecer. O motivo da briga.

Zuphia era um doce, Roque achava. Macia. Delicada. Gentil, Roque pensava: sua namorada. Morena, magrinha, cabelo preto. Curto. Ela gostava dele também. Mas não era como as outras meninas, chatas, que só queriam brincar de boneca. Gostava de subir em árvore, mergulhar no lago, nadar, correr. Gostava de cavar buraco. Se esconder, fugir. Bola, gostava também: de jogar, com a mão, com o pé. Goleira: ele chutava, ela agarrava. Chute forte. De boneca não, casinha, essas coisas. Não. De pique, sim. E ria, ria muito. Era divertida. E gostava de Roque. Mais do que de todos. Mais do que dos outros meninos. Da escola. Mais do que das meninas também. Muito mais: eram os dois. Juntos.

Um dia ela beijou Roque, na boca. Daí Roque disse: de língua. Encostaram as línguas. Mexeram: era bom. Morninho, macio. Fizeram de novo.

Daí, outro dia, Roque disse: me mostra. Pediu. O quê. Você sabe. Não sei. Sabe. Não sei: me diz. Isso que você não tem. O quê. Embaixo da saia. Onde. Dentro da calcinha. Não tenho, claro que tenho: é minha. Óquei: então mostra. Só se você mostrar o seu. Mostro. Mostraram. Roque adorou ver. Sentiu inchar ali, embaixo. Nele. O dele. Não é sempre assim: inchado, disse. Eu sei. Sabe, perguntou. Meu irmão. Quê. Júnior. Que que tem. No banho: às vezes, fica assim. Roque estranhou: não era coisa de irmão, achou. Não conhecia isso com Música. No banho. Guardou pra dentro.

Foi na segunda vez, terceira: mostra, mostro. Dele com Zufinha: agora queriam fazer sempre: paravam tudo. De brincar, correr, jogar bola. Alguém vinha: abrira a porta do galinheiro de repente, viu: os dois se arrumando. Música. Quase. A sorte foi que o ouvido de Roque era muito bom. Muito bom mesmo: conhecia todos os barulhos da casa, do quintal. Veste, veste, Zu. Depressa. Música tá vindo. Ela subiu a calcinha rápido, abaixou a saia, ele também, a calça, cueca não usava. A irmã suspeitou: que é que vocês estão fazendo. Nada, viemos ver as galinhas. Se tinha ovos. A essa hora: já peguei. Cedo, de manhãzinha. Tá bom. Vambora, Zufa. Saíram, rápido.

Silenciosa, Música tinha se aproximado sem fazer nenhum ruído, achava que ia flagrar um bicho, disse. O que estava comendo as galinhas. Mas de dia? Se tivessem conversado sobre isso depois, Roque teria contestado: de dia, como assim: o bicho não ataca de dia.

Se tivesse visto alguma coisa, diria, contaria pra Mãe, será, Roque se perguntava. Sabia que não. Música sabia guardar segredo.

Conhecia a irmã: um túmulo, a Mãe teria dito: um túmulo.

Então Roque podia ficar tranquilo: Música não ia contar nada, pra ninguém.

O bicho

Sangue pra todo lado. O bicho: aquilo era um horror: tremendo estrago. Sangueira danada. Que bicho. Roque não sabia. Gambá. Música não sabia. Maracajá, guará, o pai não sabia, nem a Mãe. Jaguatirica, Sol? Será. Seria. Sangueira danada. Matança. Massacre. Hecatombe. Pescoço de galinha, pernas. E sangue. Muito sangue. Pra que tudo aquilo?
Nunca conseguiria comer tudo aquilo. Nunca. Pra que então.
Gato, seria, cachorrinho, não, não era possível. Roque não podia acreditar.

Outro dia, procurava Zufa. Reconheceu a cena. Nunca tinha visto.

Tinha lido. Ele não, Roque: eu. Num livro de Érico Veríssimo, *O retrato*. E reconheci o futuro.

Agora Roque via, reconhecia também. Ou melhor: conhecia. No quarto, Zufinha sentada no colo do pai, na beira da cama: acariciava a coxinha. Bem perto. Junto. Olhando pra ela: com aquele risinho. O bigode. Quis matar. Fugiu, chorando.

Viu tudo escuro. Queria matar, furar. O bicho: virava. A convulsão. Não. Correu. Fugiu.

Por que não levantava, ia embora, não era sua namorada, não era seu pai? Roque urrava, berrava. Na mata, no lago. Bololô ouvia? Mergulhou.

Música, ele tentou com você também: nunca perguntou. Mas achava que não: Música teria matado ele: envenenado. A comida: ela que fazia.

Música era um túmulo.

Sol: lembrava dele conversando com a Mãe: vou embora, disse. Atrás da porta. Não aguento mais isso. Se ficar mato ele, falou. A Mãe chorava.

Lobo, lobos

Os lobos: vou contar. Roque sabia: era lobo. Gato era gato, Sol era Sol, Música era Música, ele era lobo. Lobo Perigo. Um dia se tivesse coragem mudava de nome: Lobo Perigo. Seria. Então.

Mas lobo solitário, sem alcateia, que porra era aquela. Roque pensava. Mas quem. Quem a alcateia (tinha aprendido na escola, quando ainda ia: coletivo de lobos: alcateia). Roque se afligia. A alcateia. Os meninos da escola, seria. Nem pensar, Roque sabia. Devia perguntar ao passarinho. Quem. Onde encontrar. Na mata, no lago?

A aranha

A aranha, óquei, o caso da aranha. A verdade é que, mais do que nojo, Música tinha horror de aranha. Aracnofobia, a professora dissera, meio rindo, quando ela gritou por causa de uma pequenininha, embaixo da carteira. Na escola. Quando ela ainda. E a de Roque não era pequena. Era grande. Enorme.

Peluda. Tarântula, seria. Caranguejeira. Seria. Horrorosa, Música achava. Cabeluda. Se tivesse pensado, não teria feito aquilo, a chinelada. Que nojo: esmagou. Teve até que jogar a sandália fora depois: toda melada. O bicho apareceu do nada, quase ia subindo no braço dela. Foi uma só: pou. Chinelada. Esmagou. Parecia um vômito. Que raiva, já tinha dito, tantas vezes: Roque, não deixa essa porcaria solta, um dia eu acabo com ela. Agora, pronto. Não tinha jeito, estava tudo acabado: um vômito, um melê danado. E ainda ia ter que limpar aquilo. Que nojo.
Vou jogar um balde.

Pronto, contei.

Que decepção, Música. Nunca esperava isso. Não dela, a última pessoa. Irmã. Música. Música Maria. Confiança: nunca mais. Em quem agora. Nunca mais. Minha aranha. Gostava tanto dela.

Realmente: Roque gostava muito, adorava aquela aranha. Caçava gafanhotos, moscas, besouros para ela. Adorava: deixava ela subir pelo braço, até o pescoço, não sentia nem cócegas, se enroscava no cabelo. Gato ria. O cachorrinho ria. Aquele riso mudo. Só dentes. O pai passava: olhava. Escarrava. Entrava em casa.

Tudo na vida tem sua explicação. Música, por exemplo: foi para o seu próprio bem. Se Roque tivesse perguntado, ela teria respondido: para o seu próprio bem. Mas Roque não perguntou: berrou, berrou, berrou. Chorou. Gritou, urrou: minha aranha, minha aranhinha. A única que eu tinha. Tão querida. Mais um pouco e teria outra convulsão. Parou.

Para o meu bem: como assim. Roque teria ficado pensando, matutando, se tivesse perguntado, olhando a aranha esmagada. Um mingau de aranha. Meu bem. Como assim.

Cafundós

Cafundós do judas de merda, Roque pensava. Até a porra da televisão tinha pifado. Só queria ir embora dali. Cafundós da porra. Do judas.

Cinco cabritos

Os filhos eram todos a cara de Juvenal Lata. Eram? Seriam? Roque não achava. Duvidava. Ele não. Nem pensar. Tinha cara era de lobo, isso sim. Gato também não. Nem Música. Nem o cachorrinho. Sol. Talvez. Não sabia.

Mato um,

mato dois, mato três, Roque ouvira: mato os cinco. Era os cabritos, seria. Roque não sabia. Mato você. Ou eram os filhos. Seriam: Roque não sabia. Mas se fossem, por que não quatro.

Uma barulheira danada. Era: Juvenal Lata, dentro de casa. Dentro do quarto. Tarde já, fim da manhã, quase meio-dia: mato. De fora, da varanda, porta aberta, Roque ouviu: mato todos. O pai, ainda bêbado, acordando: Roque estava cuidando das alfaces quando viu que ele chegava de manhãzinha. Agora, parecia nem entender direito: piscava na cama, nu, todo suado, lençóis amarfanhados.

Os cabritos. Do pai. Tinham invadido mais uma vez o sítio de Juvenal Lata. Com fome. Devoravam tranquilos a plantação. Ou a horta, não sei. Ele já tinha avisado: se acontecer de novo, mato todos, faço um churrasco. Cano do revólver na boca do outro. Do pai.

A cara do pai

É nele que você pensa, Mãe, quando tá na cama com o pai, por isso que eles nascem com a cara dele, perguntava.

Perguntava. No sonho, toda noite, ou não: tinha perguntado mesmo, de dia, mudo, só de olhar para ela? Ou não. Não sabia. Complicado aquilo. Muito. Era por isso que ela fugia dele agora, quando ele olhava para ela, será. Olha pra mim, Mãe, me diz. Não falava: calava.
Música não entendia: olhava surpresa.
A Mãe corria de volta pro quarto.

Como assim, eles: você não, acha que é o único, diferente? Acha que só você não é a cara dele, pensava. Tenho que perguntar pra Zufa. A cara dele: eu também, seria? Não sabia.

Esse rapaz: Sol

Roque estava em cima da árvore. Viu. Eu também. Agora você. As bicicletas vinham. De lados opostos da estrada. De terra, a estrada. Aumentaram a velocidade quando se aproximavam. Quase bateram uma na outra. Pararam: Juvenal Lata. E Sol, Sol Perigo. Meu irmão. De Roque. Ficaram se olhando em silêncio, cada um segurando sua bicicleta. Juvenal pousou a mão no ombro de Sol. Silêncio. Sol pousou a mão no ombro de Juvenal. Juvenal esticou a mão até a nuca de Sol. Puxou para perto: se abraçaram. Testas coladas. Roque viu. Eu vi. Que diabo.

Os mistérios.

Foi aí que quebrou a perna, caindo da árvore? Acho que não. Quando então. Ainda vou descobrir.

Gaiola

Sol chegou cedinho de manhã. No outro dia. Fazia frio. Muito frio. Roque estava escondido, atrás das telhas, acordara cedo pra ver. Gostava de ver. Sol limpava a gaiola, trocava a água, o jornal, enchia de alpiste a cumbuquinha. Mas naquele dia, não: era outra coisa. Que Roque ia ver: queria. Segurava a respiração. Sol chegou, abriu a porta da gaiola, ia pegar a banheirinha do passarinho, trocar a água. A mão parou no ar: a gaiola estava vazia.

Roque sabia: tinha sido o pai.

Vazia

De noite, madrugada ainda, Roque tinha tirado o gesso. Da perna: tinha se enchido. Foi até o lago, mergulhou a perna, botou para derreter. Se tivesse perguntado pra Mãe: não, meu filho, ainda falta, não completou um mês ainda, espera, tenha paciência. Não tinha. Decidiu: chega.

Dessa porra. Se tivesse que doer, que doesse: ele aguentava. Ficar aleijado: duvidava.

Não jogar bola nunca mais: duvidava.

Sabia: tinha sido o pai: tinha visto. Em casa já, sem o gesso, ouviu um barulho. Teve medo. O pai não morava mais lá. Nunca mais tinha voltado depois que a porta bateu. Sol só vinha de manhã, de bicicleta, trocar a água do passarinho, o jornal, já contei. Gato estava sumido, na mata seria, no lago. Roque era o único homem da casa, pensava: homem. Nem era. Garoto ainda. Dormia na sala. Sozinho. Música agora dormia com a Mãe, na cama.

Ouviu um barulho. De leve, mas não era longe, no galinheiro, era mais perto: na varanda de trás, a da cozinha. Decidiu: vou abrir um pouco a porta, um pouquinho só. Tinha medo: e se fosse o assassino. Ou o bicho. Do galinheiro. Podia estar esperando só aquilo para empurrar a porta, entrar em casa. E aí tudo acabado: hecatombe. Tomou coragem: não, vou abrir só um pouquinho. Viu. O pai. Quase ia abrindo de vez: ah, é o senhor. Ia dizendo. Parou. Alguma coisa lhe disse: melhor não. O pai chegou perto da gaiola. Roque viu: ficou parado lá olhando, olhando. A testa de Roque franziu: quê. O passarinho estava dormindo: o pai bateu de leve no lado da gaiola, o passarinho abriu um olho: ti. Roque ouviu as asas esvoaçando o silêncio para longe. Não conseguia ver o passarinho dali. Quê. Será quê. Adivinhou: o pai abriu a portinhola, bateu com mais força, duas, três, quatro vezes, com raiva, dentes trincados: o passarinho voou para fora, para a mata, para o lago? Roque viu, de relance. Para a morte? Era passarinho de gaiola. Não sabia. Ser livre. Roque fechou a porta, devagar. Sem fôlego. Trancou. Não conseguiu mais dormir.

Ouviu. Viu: Sol chegou de manhã: a gaiola estava vazia.

Sol, esse rapaz

Sol tinha um violão. Passava horas dedilhando as cordas do instrumento. Coisa besta, Roque pensava: prepara a música, prepara e nunca começa a cantar. Pra que viola se não canta. Coisa mais besta.

Agora: a gaiola vazia. O passarinho: para onde, meudeus. Para a mata, para o lago, não sabia.

Se Sol tivesse ouvido a cantoria de Gato, Roque pensava. Naquela madrugada. Mas teria existido aquilo mesmo. Não tinha certeza. Era uma lembrança, só uma lembrança. De uma coisa assim, linda. Uma lembrança linda.

Sol ia embora. Ouviu dizer. Dali. Para sempre. Pegar Margarida e sumir. Margarida: a namorada, noiva, sei lá. Não sei. Pergunta pra eles. Se encontrar. Tão parecidos. Altos os dois. Magro, magra. Cabelo comprido, cabelo comprido. Mesma cor. Mesmo tamanho. Mãos

dadas. Sempre. Até as roupas eram parecidas. As cores, largas. Bicicletas: duas. Eles também: bicicletas: leves, ligeiros, velozes. Borboletas: quase. Não fosse o ódio.
Nisso ele era diferente dela. Sol.

A Mãe

Vomitava. É preciso que se diga isso, Roque vai detestar, mas é verdade: ela vomitava. Já nem comia direito para não ter o que botar para fora, mas não adiantava: vomitava mesmo assim. Música ajudava, segurava a cabeça dela, dizia calma, Mãe, calma, respira, você nem comeu nada, você vai conseguir, mas não adiantava: o estômago se contraía e, mesmo que fosse a seco ou um líquido bilioso mínimo, o som era inconfundível: Roque tinha vontade de sumir, desaparecer.

E a raiva do pai, antes da porta bater, dentes cerrados: desgraçada. Palhaçada isso. Quem que aguenta. Maluca dos infernos. Saía resmungando.

É, você não precisava ter contado isso. Não gostei mesmo. Quem vai se interessar por uma coisa assim. Vômito.

Asqueroso

Você tem noção, Roque, que você tem um pai asqueroso. Ficou olhando para o irmão, ia dizer o quê. Que discordava? Ou: não, Sol, você não pode falar assim. Afinal, é seu pai também. Nosso pai. O único que temos. Não. Preferiu ficar calado. A conversa terminou ali. Asqueroso.

Se era verdade que Sol dormia na mesma cama que Margarida, Roque não sabia. Também não ligava a mínima. Isso não era problema dele. O que sabia é que as pessoas falavam. E como falavam. Mas, e daí, Roque pensava: que falassem. Que morressem de tanto falar. Rebentassem, se fosse o caso. Roque não dava a mínima.

É que, quando saiu de casa, Sol foi morar na casa da mãe da namorada. Se a dona Maria

Ninha se incomodava com a situação era difícil dizer. O caso é que ele continuava por lá, nunca mais voltou pra casa, nem pretendia.

Noivo, disseram. Estavam noivos. Para legitimar a safadeza, Roque ouviu, rabo de conversa, na venda. Depois, uma risada velhaca. Roque fechou a cara: não gostava que falassem de sua família. Também, pensou, depois, voltando pra casa: que se dane, Sol, Margarida, dona Maria Ninha, que se danem todos: não era problema dele. Noivos, casar? Pudesse ser: seria? Não dava a mínima.

Margarida

Agora que ela apareceu, já saindo, vou contar. Roque nunca soube, nunca entendeu, nem tinha como. Não viu. Foi assim, simples: de longe, Sol viu o pai puxando Margarida pelo braço, meio rindo, como se estivesse brincando. Um dia, de tardinha. Mas ela não estava achando a menor graça: Sol onde está, seu Perigo. Estou procurando ele, Sol. O senhor me larga. Está me machucando. Solta meu braço. Ai. Sol! Me larga, me solta. Sol! gritou. Deixa, Sol já vem. Depois você fala com ele. Vem cá. Vamo ali. Roque viu (ué, viu ou não viu): Sol, vinha de longe: não quis saber: correu, saiu atropelando o pai. Soco na cabeça, chute nas costas. Derrubou: que isso, tá maluco. Não tou, não: filho da puta. Chutou as costelas. Ai. Não é mais meu filho, some daqui. E você não é mais meu pai. Aliás: nunca foi. Vem, Margarida, vambora.

Agora iam embora. Dali. De vez. Que nem o passarinho. Gaiola aberta: voou.

Pra onde. Vai, Sol. E leva seu arzinho de superioridade com você. De uma vez por todas. Ninguém vai sentir falta de você: Gato não vai. Eu vou? Música? A Mãe. A Mãe vai. Eu sei. Eu, Roque, sei.

Ah, ia me esquecendo: leva sua gaiola também. Pendura na bicicleta. Tchau. Vai se fuder. Pra puta que o pariu. Você e Margarida. Ser feliz. Ou não. Na casa do caralho.

Não chora, Gato, isso é choro? Espera, não vai embora. Não foge. Aquele é o cachorrinho, ficou diferente: é cachorro ainda? Você está triste, é porque Sol foi embora, você gostava dele? É isso, não sabia. Espera, não foge. Cachorrinho! Volta.

Música: deixa. Não é mais nosso irmão. Nem gente é mais. Deixa. Bicho do mato. Também cachorro não é mais não: o outro. Bicho do mato: os dois. Dois bichos. Do mato. Só tenho você, agora. De irmão. O outro foi embora e esse: bicho do mato.

E Música nem chegara a ver bololô. Imagina se tivesse visto. Contava para ela, ia acreditar?

Roque, meu irmão

Eu me preocupo com Roque. Não devia, mas me preocupo. Afinal, é meu irmão. Gosto dele. Muito. Não sei se ele gosta de mim. Ou se me odeia. Nem sei se ele se ocupa. Do fato de eu existir. Às vezes ele fica me olhando tocar o violão. Enquanto dedilho as cordas, ele olha, olha. Não sei o que pensa. Nunca vou saber. Tenho pena dele. No fundo se ilude: um iludido Eterno. Acho que ele escolheu se iludir. E, quanto a isso, não posso fazer nada: quer se iludir, que se iluda. A verdade está aí, na frente dele. Só não vê quem não quer. Pior cego.

Quando éramos pequenos, brincávamos juntos. Os três. Música não. Não se interessava. Dizia que era brincadeira de menino, não gostava. Mas nós três nos divertíamos muito juntos. Até ele chegar. Daí azedava tudo.

O violão. Meu avô que me deu. Me ensinou a tocar. Que saudade. Salvou minha vida.

Queria libertar minha mãe. Fiz de tudo. Não consegui. Dependia dela também. Mas cedo percebi: não é que não tivesse força: não queria lutar. Não via sentido. Se abandonava. Preferia chorar.

Música. Tadinha da minha irmã. Ou não. Foi escolha dela. Deu as costas para a família. Não era com ela. Só a Mãe. Existia. Para ela. No máximo. A Mãe. Que seja feliz. Será. Não sei.

Agora chega. Estou indo. Roque, sinto muito. Eu não sei o que aconteceu com Gato. Não posso fazer nada. Estava decidido. Onde. Não sei. Na mata, no lago. Talvez. Possa ser. Uma distância grande entre nós. Só aumenta. Pena. Não posso fazer mais nada.

Se volto. Não sei. Talvez. Para terminar um serviço. Só se for. Não sei. Possa ser.

Na escola, quando ainda ia

Se Roque tivesse ido à escola no dia seguinte, saberia que ia ter que voltar pra casa: estava suspenso por um mês. Saberia também que tinha que avisar ao pai e à Mãe que deveriam comparecer para tratar da sua situação, ambos, ou pelo menos um. A Mãe, será que teria ido, o pai, não, com certeza, Roque teria sorrido só de pensar na possibilidade: ele, de banho tomado, penteado, bigode escovado, camisa limpa, passada, no gabinete da diretora, ouvindo sermão por causa do filho. Nunca. Mas nada disso aconteceu, porque naquele mesmo dia Roque tinha decidido: nunca mais voltava lá.

Não falou nada em casa.

Ninguém reclamou, ninguém comentou. Nada. Então a vida dele mudou. E a de Gato também: era pequeno ainda, mas se o irmão não ia mais, ele também não ia. Foi aí que começou a se embrenhar na mata. De vez.

Música continuou a frequentar a escola. Por um tempo. Como se nada tivesse acontecido.

Roque sentia vergonha, seria isso. Possa ser. Ou raiva ainda, seria.

É que tinha perdido a cabeça.

Só parara de socar a cara do menino, sangrando pra todo lado, espirrando sangue, nariz quebrado talvez, quando ouviu uma voz, de menina: para, Roque, você vai matar ele. Soltou, e levou um susto: a cabeça despencou no chão, mole: o menino tinha desmaiado.

Um gordinho parrudo. Irritante.
Filho do açougueiro.

Adorava pegar no pé de Roque. Ele não ligava muito, deixava para lá. Mas naquele dia se irritou: cabritinho, cabritinho, quatro cabritinho, perigo, ai, que medo: perigo, esganiçava a voz: que medo, cabritinho. Não ligava. Não ia se irritar por tão pouco.
Mas aí veio: cabritinho, cabritinho, que perigo, nem são filho do pai, nem são filho do pai. Roque viu tudo escuro, perdeu a cabeça. Quando deu por si, já estava em cima do outro, caído na areia do pátio, socando aquela cara. Sangue corria.

Para, Roque, você vai matar ele.

Voz de menina. Voz da irmã de Júnior, seu amigo, um ano menor que eles. Voz de Zuphia, a moreninha, vinha de longe, como se estivesse dentro da cabeça dele: para, Roque. Vai matar. Ele. Para. Parou. Levantou. Foi embora. Nunca mais voltou.

Voltando pra casa, Roque chora. Convulsivamente, não consegue nem respirar. Sufoca. Não consegue parar. Que raiva. Que dor. A mão dói, mas isso não é nem de longe o pior. Joga os cadernos fora, joga tudo fora. Que merda. Merda de vida.

Então Juvenal apareceu, Juvenal Lata. De repente, assim, saindo do meio do mato: calma, filho, calma. Vai ficar tudo bem. Pousou de leve a mão na cabeça dele.

Calma, filho. Nunca esqueceu.

Dias depois, o pai apareceu de cara amarrada: tinha ido vender umas galinhas, o açougueiro: de você não compro mais. Não tem negócio, não quero mais saber: de galinha, de leitão, pato, nada. O pai não perguntou por quê. Ficou olhando, calado. O açougueiro, gordo, braço peludo, até apertou os dedos no cabo do cutelo, suava. Perigo: saiu, sem dizer palavra. O pai. Também não perguntou nada em casa. Teria associado aquilo ao fato de Roque ter parado de ir à escola. Ou não. Se tinha reparado nisso, Roque não sabia. Nem ia perguntar. O outro também não perguntou. Nada.

Eu nem me lembrava. Do quê, da briga. Não: que tinha sido Zufa. Ah, sei. Ainda bem. É, ainda bem: podia ter sido pior. Muito pior. Foi seu anjo. Ela. Da guarda.

E eu nem sou assim. Como. De briga. Eu sei, Roque. É que perdi a cabeça. Eu sei, Roque. Eu sei.

Depois, um dia, ouviu o pai, no quarto, atrás da porta entreaberta: precisa estudar, não. Estudar pra quê. Eu mesmo quase não estudei, não tive oportunidade. Comecei logo a trabalhar, ajudar em casa. Não faz diferença; vai ser o que quiser na vida.

A Mãe quieta, calada. Não disse nada.

Então estava tudo certo.

Às vezes, a mãe começava: Roque, meu filho. Quê. Nada: não continuava. Calava.

Esse cara, Ariosto

Tal de Ariosto. Que que tem. Acho que ele gosta de você. Gosta nada.

Gostava, claro. Roque percebia nitidamente: toda vez que vinha buscar os ovos, o rapaz se demorava, olho comprido, procurava espichar conversa com Música.

Estranho ele. Como assim, estranho. Estranho. Esquisito, Roque provocava. Esquisito nada. Tem nada de esquisito.

Defendia o sujeito: sinal de que estava gostando, Roque concluía. Sentia ciúme. Talvez. Pudesse ser. Olhava para Música, examinando: se era bonita, não sabia. Era irmã, como poderia saber. O que via é que o sujeito tava gamado. Ah, isso tava. Gamadão. Parecia um bobo, lá parado, com os ovos na mão.

Ariosto, nome besta. Besta coisa nenhuma: nome bonito. Diferente. Não é feito essas porqueira nossa aqui de casa: Gato, Sol, Roque. Nem parece nome de gente. E Música parece? Também não. Porqueira: coisa de gente maluca.

Se o pai tivesse entrado naquela hora, ouvido aquilo. Mas o pai não estava mais lá, a porta da cozinha abriu foi sozinha. Vento, seria. Mas nem tinha vento. Roque estremeceu: fantasmas. De gente viva.

Ariosto... saiu.

Esse Ariosto, insistia. Que que tem. A cara dele. Que que tem. Estranha, esquisita. Não tem nada de esquisita: ele é bonito. Bonito? Cara de cavalo cansado — ei, não me joga coisa, não. Roque, sai daqui, não enche, tou cheia de serviço. Vai arrumar o que fazer, uma ocupação. Não me enche. Vai catar coquinho. Pentear macaco.

Ariosto, que desgosto.

Que bobagem, Roque, para de importunar sua irmã.

Não paro não.

Que desgosto. Para, Roque, você já está me enchendo. Não sei o que que você vê nesse cara. Nem precisa saber. Aliás, não vejo nada: vejo ele.

Só ele.

É respeitador. Não é feito você e Zufa, fazendo essas porcariada por aí que eu sei. Respeitador: me respeita, quer casar.

Casar. Porcariada. Música sabia: porcariada. Então era porcariada o que ele e Zufa faziam? Concordava não. Podia concordar não. Porcariada. O cacete.

MINHAPACA

É que antes. Na mata. Dois meses depois, três, do galinheiro: mostra, mostro. Seis meses, seria, um ano, dois, não sabia. Um tempo: Zufinha, você quer ser minha. Como assim. Você sabe. Sei. Mas não fala assim. Como. Minha: você é meu? Sou. Então tá. Quer. Quero. Agora. Agora. Então deita. Posso entrar. Entra logo. Vai doer. Eu sei. Então vou entrar, posso. Entra, já disse, pode entrar. Ai, devagar. Assim. É. Mexe.

Foi bom. Foi. Doeu. Doeu. Mas foi bom. Foi. Muito. Un-hum. Saiu sangue. É: normal.

Outras vezes: muito bom. Gostavam. Sempre. No galinheiro, não: na mata, no lago.

Daí: meu pai quer te pegar. Te caçar. Por quê. Porque a minha barriga tá crescendo. De neném? De neném. Me dá um beijo: mãezinha. Paizinho.

Minha paca

Zufa tinha contado: minha paca. Assim que o pai — dela — se referia a ele agora: minha paca, falava. Fingia espingarda no ar com os braços, dedos, com as mãos, fazia mira, concentrava e: tul! Minha paca: peguei. Matei. Virava o olho pra ela: já matei. Minha paca. Questão de tempo.

Sem vergonha. Safado. Questão de tempo.

Tatu, cutia não? Roque tinha vontade de gritar: tatu, cutia não? Paca é o caralho. Minhapaca: é o caralho. Não sou. Sua paca: não sou. Zaca, vai me matar? Porra nenhuma: sua paca: não sou.

O pai do seu neto. Babaca. Vai deixar seu neto órfão antes de nascer, vai mesmo? Merda de mundo. Merda de vida, merda de lugar: cafundós. Da porra. Lugar nenhum. Aqui.

Três amigos

Roque imaginava: amigos. Três. O pai, Zaca Faro e Juvenal Lata: muito tempo atrás, tinham sido grandes amigos. Depois veio a briga. Por quê, Roque não sabia. Agora: minhapaca.

Minhapaca

E seu pai. Que que tem. Minhapaca. Ah, esquece isso: falou da boca pra fora. É. É. Não se preocupa: da boca pra fora. Relaxa. Bota a mão aqui. Viu: tá chutando. Já. Já.

Roque nunca leu um livro. Será: você já leu um livro, Roque. Já. Quer dizer: uma parte. Quando. Na escola, quando ainda ia. Qual. Dos lobos. E do tigre. Gostou. É. (Gostava mesmo era de jogar bola: futebol. Roque era bom de bola. Muito bom mesmo. Eu não, quer dizer: era, no edifício. No colégio não.)

Roque, você sabe o que é um edifício. Sei. Já viu um, como, aqui nos cafundós. Vi: na televisão. Quando ainda pegava. E eu, Roque, você sabe quem eu sou. Sei. Quem. O astronauta. Que conversa comigo. No sonho.

No sonho, mas eu não consigo mais dormir. Nem sonhar. Este livro. Acho que vou parar. Não para, não. Continua. A me escrever. Estou cansado, Roque, muito cansado. Não para, não.

Na Muzema

Ele quer matar o meu bebê. Tirar. Quem. Meu pai: disse que vai me levar lá naquela mulher do Brejo da Muzema, sabe, que mora numa cabana de pau, eu tenho medo dela. Ela não tem nenhum dente naquela boca lá dela, vermelha. Levar: pra quê. Pra tirar, Roque. Com uns ferros. Não quero. Vai matar meu bebê, furar ele.

Eu posso morrer também, até prefiro. Sem o meu bebê. Não. Não pode. Não vou deixar. Como: ele diz que me expulsa de casa. Gritou.

Você vem morar comigo. Vou falar com a Mãe.

Então.

Minhapaca.

O tiro. Só ouvi o barulho. Boca pra fora é o caralho. Filho da puta. Que isso, sangue?

Caralho, filhadaputa, arrancou um pedaço da minha orelha, que dor, caralho, porra, quase me matou. Zaca, filho da puta: tá fudido na minha mão.

Corre, Roque. Corre.

Que isso, meu filho, que que aconteceu com você. Nada, Mãe, quer dizer: levei um tiro. Um tiro, meu filho, meu Deus, quem atirou em você, foi seu pai? Meu pai, não, que ideia é essa, só me ajuda, Mãe. Limpa, faz um curativo. Faz que eu tenho que ir. Ir, pra onde, meu filho. Sei lá, Mãe, só ir (pra mata, pro lago, mas nem sei se é isso aqui). Pra onde, Roque. Me diga. Já sabe?

Maldito tiro. Dói pracaralho.

Maldito Zaca. Filhodaputa.

Minhapaca: o caralho. Não sou.

Zufa. Quê. Por que que cê tá assim comigo. Assim como. Estranha. Calada. Não tou. Tá. Que que foi isso na sua orelha. Levei um tiro. Tiro? De quem. Não sei. Acho que foi seu pai: minhapaca. Meu pai, não pode ter sido. Por quê. Ele sumiu. Não aparece há dias. Em casa. Quando foi que você levou o tiro. Antes de ontem. Deixa eu ver.

Boca cheia de formiga. Acharam ele. Quem. Zaca. Zaca Faro. E agora Zufa tá achando que foi eu. Fui eu. Ã? Fui eu: é o certo. Não entendi. Você falou foi eu. Consertei. Não acredito: vai pegar no meu pé agora, implicar com meu modo de falar? Vou, só um detalhe. Não é você que está escrevendo? Corrige aí. Óquei. E, astronauta? Quê. Resolve meu problema aí. Qual. Do Zacarias, Zufa tá achando que fui eu. Tá pensando que sou Deus? E não é não?

Na mata, no lago: boca cheia de formiga. Rigidez cadavérica, disseram. Já meio comido pelos bichos. Mastigado. Os olhos. Morreu. Como. Mataram. Quem.

Acho que foi assim: Roque sonhou. No sonho estava na mata. Não se lembrava de como chegara ali, nem sabia que horas eram. Andava, meio perdido. Meio perto de onde tinha levado o tiro. A orelha doía, sangrava. Uma coisa chamou sua atenção: parecia um pedaço de pau, mas trabalhado, coisa feita. Bem-feita. Por gente, pensou. Se abaixou. Pegou. No mesmo instante, ouviu como que um ulular, uma espécie de gargalhada gutural: escárnio. Puro escárnio. Pegou a coisa, levantou, com nojo: toda babada, parecia. Fedia, melada. Uma espingarda!

Imediatamente soube: a espingarda de Zaca Faro. A gargalhada tinha estancado. Agora, o ar pesava: silêncio. Abafado. Roque examina a arma: parece mordida, mastigada. Larga na terra, com nojo. Sacode a mão pra se livrar da gosma. A gargalhada recomeça, ululante, uma barulheira danada: surda. Coragem, Roque. Levantei os olhos, vi: Gato sentado, o cachorrinho ao lado e várias criaturas enfileiradas, sentadas nas patas de trás, braços curtos soltos no ar, balouçantes: pacas, cutias, tatus também. Riam, riam, riam. Gargalhavam contentes. Roque quis correr, de volta para casa. Qual o caminho. Não sabia. Corria, corria. Nu. O corpo rígido, doía. Acordou.

Acharam a espingarda. Ã: Roque quase caiu pra trás.

Zufa: do meu pai, acharam. Tava toda estragada. Melada. Um nojo só. Onde. Na mata. No lago.

Roque não quis contar. Do sonho. Igual ao sonho: como podia.

Roque não sabia, nem tinha como saber. Vou contar: Zaca Faro estava caçando paca. Só falava assim, baixinho, andando: minhapaca, minhapaca. Ouviu um barulho. Parou, na tocaia. Concentrado. Viu: um bicho, uma paca, a maior que já tinha visto: fez pontaria. Atirou. Em Roque. Os mistérios.

Zaca era exímio caçador, não perdia tiro. Aquele perdeu. Na hora de puxar o gatilho, um tranco, um safanão, um vento, não entendeu: um trinado, um pio. Ouviu. Uma trombada: caiu, de lado, com medo, quis fugir, correr. Rodopiou, no chão, querendo correr deitado. Se esquecia que estava deitado: corria, corria, não progredia. As pernas se embaraçavam no mato, nas plantas, se embolavam. Então, foi engolido, mordido, mastigado. Com espingarda e tudo. Medo, muito medo, quis gritar, não conseguia. Engolfado: afogava. Afogou-se. Bololô: seria. Outro.

Meu pai. Você viu como ele ficou? Acho que foram os bichos. Do mato. Tadinho, meu paizinho.

Roque, você não teve nada a ver com isso, teve. Com quê. A morte do meu pai. Não, claro que não. Como é que você pode pensar isso. Não sei, deixa pra lá. Ele me deu um tiro. Pois é, eu sei. (Sabe? Obrigado, astronauta.) Entendi assim que vi sua orelha. Nunca pensei que ele fosse tentar isso. Te matar. Minha paca. Pois é. Nunca pensei.

O assassino

Roque sabia: um dia ia chegar. Sentia: estava para chegar. Da mata, do lago, seria. Não sabia. Ia matar quem, se esforçava, pensando. Se o pai tinha ido embora, Sol também. Matar quem agora. A Mãe, ele. Música, seria? Não fazia sentido: por quê.

Ariosto, de novo

Convidou Música pra ir dançar. Num baile. Roque não queria que ela fosse. Cê besta: cê não manda em mim. Foi.

Ariosto. Roque, me ajuda. O quê. O Chico Buarque usou o nome. Ã? É, no livro dele, *O irmão alemão*, tenho que achar outro. Vão dizer que eu chupei. Ã? É: copiei. Ah, astronauta, deixa esse mesmo. Aliás: é o nome do cara. Isso é, e rima com desgosto. Ã? Ah, deixa pra lá.

Roque acorda de manhã: Música não tinha voltado da festa.

Tentei encontrar outro nome, Roque, juro que tentei. Quê, astronauta. Outro que terminasse com osto. Para rimar com desgosto. É uma rima besta, Roque, mas eu queria preservar: você gosta. Não achei. Outro nome, só Ariosto mesmo. Astronauta. Quê, Roque. Volta pra história.

Música não voltou.

Música. Música Maria: não tinha o perigo, o pai não quis que carregasse o sobrenome. Teria desejado poupá-la: difícil dizer. Não era nada a cara do pai poupar alguém, mesmo a filha. De qualquer modo, seja por causa do nome, ou pela falta de sobrenome, a moça não vivia o perigo. Sua vida era outra coisa. Ausente dali, como se estivesse. Longe, como se se bastasse.

Então era difícil entender: Música não voltou.

Voltará, ou não. Será que a história dela tinha enfim mudado, para longe do perigo, ou para dentro dele, de vez.

Roque não se conformava: devia ter sido firme, era o irmão mais velho. Na ausência de Sol, do pai — que para falar a verdade estaria pouco se lixando, devia ter dito: que festa que nada, você não vai. Agora: tarde. Tarde demais. Ariosto. Que desgosto.

Música não voltou. É preciso enfrentar isso. Roque ficou desesperado: eu sabia, eu falei. Teria gritado, mas, sozinho, o grito explodiu dentro da cabeça. E agora. O que fazer. Eu sabia, desgraça, eu mato, eu mato o tal do Ariosto. Minha irmã. Música. Eu sabia.

Põe a cabeça no lugar, Roque. Sim, pensou: por onde procurar.

Polícia. Mas nem tinha polícia por ali. Cafundós: tinha que pegar uma condução, ônibus. Aí, lembrou: claro, o tal é filho do vendeiro, da quitanda. Vou lá.

Foi. Não queria correr, mas as pernas comandavam: corra! Corriam por si mesmas: carregavam o dono. A cabeça queria dizer: parem, ele não vai sair de lá. O vendeiro. Da quitanda: está lá há anos, desde que eu nasci. Mas não ouviam. As pernas. Me esquece, pensavam: deixa eu correr, minha irmã e eu. Gêmeas as pernas. Já estavam cheias das ordens da cabeça: agora era a hora de correr. E elas corriam. Roque não se metia, não tinha como.

Que foi, rapaz. Calma. Senta aí. Descansa. Minha irmã. Cadê minha irmã. Que que o filho da puta do seu filho fez com ela. Cadê minha irmã. Calma, filho, não precisa gritar. Respira, você está nervoso. Nervoso eu vou ficar se você não disser pra onde o FILHO DA PUTA do seu filho levou minha irmã, você vai ver: Ariosto, tal de Ariosto. Uma festa, iam para uma festa: mentiroso. Calma, não fala assim de seu cunhado. Nem da mãe dele, já falecida. Que foi uma santa.

Minha caríssima e saudosíssima esposa. Que não viveu para ver esse dia de alegria.

Cunhado, que porra. Cunhado: casaram-se, Ariosto e sua irmã, Música. Ontem uma festa bonita. Simples, mas bonita.

Caminhava tonto. De volta. Casou, astronauta, você sabia disso. Que sacanagem, astronauta, por que não me contou. Estrada vazia, poeira. Cachorro morto: sai urubu, te mato. Soluçou. Chutou o ar. Chutou carcaça.

Astronauta. Não sabia, não, Roque. Fiquei sabendo agora, com você. Pelo vendeiro.

Zufa: já sei, Lurdinha passou aqui, me contou.
Vem cá, pretinho, vem cá. Chora. Pode chorar. Por quê, Zufa, por quê. Minha irmã. Não sou irmão?

Perigo. O pai não quis que ela tivesse o sobrenome. Ou foi a Mãe. Música Perigo, de jeito nenhum, lembra. Bateu o pé. Então vai ser só Música. Não: Música Maria. Sem sobrenome: sem sobrenome. Agora casou: com Ariosto.
E nem me convidou.

A casa vazia

As portas estavam abertas agora. Todas. A casa vazia. O vento corria pela sala, pelo quarto. Só. Sentia falta de Gato. Nunca mais voltou. Voltará, nunca mais?

Roque está sozinho na casa. Sol partiu, Música casou. A Mãe viajara, de caminhão, antes mesmo de Música casar (será que tinha ido ao casamento): visitar a tia, sua prima, na cidade vizinha: ver se melhorava, parava um pouco de choramingar atrás da porta. E Gato nunca mais que voltava pra casa.

E Zufa ainda não tinha vindo morar com ele.

Procurar Gato. E o cachorrinho. Deve estar grande agora. Entrar na mata, no lago. Procurar. Esquecer o medo. Do bololô. Encontrar o irmão. Precisava.

Madrugada fria, Roque tremia: não tinha mais um puto dum cobertor na casa. Nem lençol tinha, travesseiro. Merda de casa fudida. Tremia: de frio. De medo? Não sabia. De repente aquele ruído: sussurro. Uma nota só, um vento dentro da casa, só que sem vento. Só a música do vento: a casa canta. Flauta. Roque escuta. Sozinho. Treme.

Era muito esquisito: ele agora o dono da casa. O dono da música da casa também. Muda para os outros, seria: só ele ouvia.

Tem vontade de rezar para o astronauta: para com isso, por favor. Não faz isso comigo, não. A casa canta. Roque quer ser surdo.

E se a casa começar a chorar.

Roque não chora. Está seco. Queria chorar: não tem lágrimas. Como na música.

Também não tem sono: não dorme. Sonha acordado. Diabo. Os mistérios. E treme.

E lá de casa não quer mais sair.*

Seria isso então: um gênio, da casa. Pudesse ser. Roque pensava. Estava encantada a casa, estaria. E era ele que cantava, o gênio. Seria.

Hesitei. Porém. Deixei.*

Como na música. Será que ele é que tinha deixado o gênio se instalar. As assombrações.

---

* O GÊNIO. Intérprete: Roberto Carlos. Compositor: Getúlio Côrtes. *In*: Roberto Carlos 1966. LP, faixa 8 (2 min 56 seg).

Alma penada. Roque às vezes pensava que não ia suportar: ia morrer de medo.

Gostava tanto daquela música. Do gênio. No disco do Robertocarlos. O avô tinha uma vitrolinha quando eles eram pequenos. Dois discos só, o outro era da banda, pequeno, outro cantor: Chico, tal de Chico. Uma música só, de cada lado. Compacto, o avô dizia. Elipê era o grande, o avô ensinava. Pretos, os dois, redondos. Gato pulava muito quando ouvia. Ele ria, pulava também. O avô gostava, batia palmas. Depois quebrou, a vitrola, jogada para um canto, atrás do galinheiro. Os discos não sei onde foram parar. Sumiram.

E se fosse amigo. O gênio. Da casa, dele. Possa ser. Roque voltou a dormir.

O fantasma do avô. Seria. Roque gostava tanto daquele avô: pai da mãe. Ô, rapaz, vai enxugar essa cabeça, assim você ganha um resfriado. Sempre a mesma preocupação: enxugar a cabeça, resfriado.

A perna

Nunca parou de doer. Seria porque tirou o gesso antes da hora. Tanto tempo e ainda doía. Mas o pior era não lembrar do que tinha acontecido. Quando quebrara: um branco, um escuro. Um vazio. Nada. Escorregara? Onde.

Quer morar comigo. Na casa? É. Tá vazia agora. Quero. Só nós dois? Só. Depois nós três.

Lobos, de novo

Não pensava mais nos lobos: existiam? Não sabia. Só pensava no bebê. E fugir da bala. Do avô. Do bebê. Sua paca é o caralho. Mas essa parte já contei.

E se Gato roubasse o bebê. E levasse para a mata, para o lago. Depois que começou a pensar nisso, não parou mais: um novo medo, pensou. Droga. Só faltava essa: um novo medo.

Mas sabia que estavam por perto. Gato. E cachorrinho. Sentia o cheiro. Deles. E sabia: estavam por perto. Sentiam o cheiro: do nascimento. A barriga crescendo e eles por perto. O cheiro. Sentia.

Não podia comentar isso com Zufa: nunca. Nem pensar. Ia ficar maluca. Só com a possibilidade.

Zufa: você se preocupa demais. Relaxa. Relaxar. Como. Bem que gostaria. Passava a mão na barriga dela: redonda. Relaxar: bem que gostaria. Que bom que ela estava com ele agora. Na casa, na cama.

Astronauta

Acho que vou contar pra Zu. Do astronauta. Vai pensar que fiquei maluco. Será. Que fiquei. Que vai pensar.

Astronauta. Quê. Esse seu jeito de escrever. Que que tem. É estranho. Esquisito. O livro que eu comecei a ler na escola não era assim, não. Você não leu livro nenhum na escola, Roque. Como é que você sabe. Eu sei: nem tinha escola.

O quê: não tinha escola? Quando eu ia. Você não ia, nunca foi. O quê, como é que você sabe. Eu sei: eu que tou escrevendo. Eu inventei tudo isso: cafundós. E, olha: estranho, esquisito é o sobrenome Perigo, lembra, você que achava, lá no começo. Então se eu quiser eu paro de escrever aqui e você acaba. Morro? Não morre, não: acaba. Acabo? Você é mau.

Astronauta. Quê. Me respeita.

Tá bom. Vou continuar.

E o que que você vai escrever agora. Pra mim. Da minha vida. Daqui para a frente. Pra eu viver. Não sei ainda. Ver se consigo sonhar. Seu futuro. Ficava mais fácil. O quê. Dormindo. Se eu conseguisse dormir. E sonhar comigo,

minha história. É. E com Zufa, a Mãe, Música, o pai, meus irmãos. É. Juvenal Lata também. Também. E aquele filho da puta do Zaca Faro. Que que tem. Tentou me matar. É. Você escreveu isso também. Escrevi. Por quê, astronauta. Não sei. Imaginei isso. Que tinha acontecido. Onde. Na mata, no lago.
Na sua história.

Astronauta. Quê. Posso te pedir uma coisa. Roque, tou tentando dormir, quero parar de escrever. Só uma coisa. Fala. Vê se não escreve mais nada de ruim, não. Pra mim e Zufa. Já teve esse tiro. Pai dela morreu também. Eu sei que você falou antes que dava medo. Mas você não tem obrigação, não.

Vou ver.

Pelo menos com o bebê. Óquei. Mas olha. O quê. Não vou mentir, não: tem uma parte braba, que já escrevi. E que vou ter que passar para o fim. Da história, do livro. E que você não viveu ainda. Vai ter que viver. Braba? É. Não dá pra cortar? Não, é o fim do livro: como acaba. A história.

É com o bebê. Não. Com Zufa. Não. Eu: eu morro no final. Não. Então tá. Depois eu vejo.

Astronauta. Quê. Foi Gato? O quê. Quem matou: você sabe. Não sei. Sabe: você escreveu. O quê. Você sabe: Gato, cachorrinho, pacas, cutias. Rindo. Soltando gargalhada. Ululando, você escreveu.
Roque. Quê. Você. Eu? Você: que sonhou.

Júnior

Júnior. Quê. Quer te matar agora. Disse. Que vai. Por quê. Porque você matou pai. Não matei. Eu sei: ele não. Convence ele, explica. Já tentei. Não consegui: que vai te matar, diz. Berra? Não, só diz: vou matar Roque. Matou pai.

Astronauta. Quê. Convence Júnior, explica. O quê. Que não fui eu que matei Zaca. Ele pensa isso. Pensa, você sabe. Sei? Sabe. E sabe que sabe. Por quê. Porque é você que está escrevendo essa porcaria toda. Porcaria. É, essa merda toda, das nossas vidas.

Falei com o astronauta. Ã. É, que está escrevendo a nossa história. Roque. Quê. Você precisa dormir. Ã. É: já está sonhando acordado. Dorme. Tá tudo bem.

Não matei. Foi pacas. Cutias. Tatus, não. Foi Gato. E cachorrinho: bololô. Merda.

Roque. Ã. Para com isso. Quê. Vai dormir: você está falando dormindo. De novo.

Astronauta. Quê. Zufa. Que que tem. Tá achando que tou ficando maluco. Me ajuda. Convence Júnior. Tou te pedindo. De quê. Que não matei Zaca, já te falei. Não posso fazer isso. Claro que pode: é você que está escrevendo. Não funciona assim. Não? Você convenceu Zu. Não fui eu. Não? Não: foi você: ela acreditou em você. Leu a sua história.

Três amigos

Uma hora vou ter que contar sobre os três amigos. Juvenal Lata, Zaca Faro e o pai: perigo.

Mas ainda não está claro: não sei. Ainda.

Astronauta. Quê. O pai. E Juvenal. E Zaca. Eram amigos. Qual é a história. Conta. Escreve. Quero saber.

Não sei ainda.

Tenta.

Tá bom. Começa assim: eram três amigos. E uma moça. Sua mãe. Uma morena bonita. Vou tentar. Mas não sei ainda.

Então tenta.

Certo, vamos lá. Ela era muito bonita, a moça. Todos três gostavam dela: estavam apaixonados. Mas era a namorada de um só: Juvenal,

Juvenal Lata. Surpreso, Roque? Eram felizes: riam, brincavam, cantavam. Se divertiam. No lago, na mata. Na vila, quando iam. Juvenal era alto, magro, a testa alta: tocava violão. Alma de poeta, a namorada dizia. O outro ouvia, calado, cabelo preto, bigodinho. O terceiro, Zaca: gordinho. Um pouco.

Um dia, de repente, ela falou: vou me casar com ele. Tenho que. Por quê, Juvenal, desesperado. Nunca soube: tenho que.

Casou. Infelizes para sempre. Quatro filhos. A cara de quem.

Os cabritos. Esquece os cabritos. Perigo, lembra?

Por que Lata, Zu. Como assim. Juvenal Lata, por quê. É apelido. Sim, eu sei, mas você sabe por quê. Sei. Meu pai contou uma vez: quando eles eram pequenos, meu pai, o seu e o Juvenal brincavam de derrubar latas velhas, no barranco, com pedradas. Parece que o Juvenal não errava uma, não errava mesmo, não importava a distância. Ele era muito bom em atirar pedra. Muito bom mesmo. Daí: Juvenal Lata, pegou. O apelido: pegou. Isso foi muito antes da sua mãe aparecer. Chegar aqui. Com o pai dela. Meu pai me contou um dia.

Desgraçado. Matou meus cabritos. Matei. Os quatro. Falei pra você. Que ia. Desgraçado. Os quatro. Cinco. Quê. Cinco. Pois é. Matei. Falei pra você: prendesse eles. Amarrasse.

Vamos decidir isso. Está na hora? Espera o bebê nascer. Quem. O filho de Roque. Seu neto. Meu?

Lobos

Foram os lobos.

Olha só, Roque, deixa eu te dizer. Não tem lobo nenhum. Isso aqui é Brasil, ou perto: não tem lobo nenhum, alcateia. No máximo guará, que é bicho solitário. Ou graxaim: cachorrinho-

-do-mato, solitário também. No máximo andam em dupla: um casal. Feito você e Zufa. Desiste. Esquece. Da mata, do lago: alcateia, não vai encontrar. Concentra no bebê. No filho.

Roque não desistia de entrar na mata: se sentia atraído. Não era mais os lobos, não era Gato, espiar Bololô de novo, nada. Era uma atração. Os mistérios. Talvez. Entrava, ficava, às vezes passava a noite toda, dormia.

Outro dia viu uma aranha. Não acreditou: muito parecida com a outra, a falecida. A esmagada. Diferença: vivinha essa. E mais linda ainda: azul, com uns pontinhos vermelhos, brilhantes. Peluda. Quis pegar. Chegou perto, de mansinho, meio de lado: conhecia aranha. Esticou o braço, apoiou a mão na pedra em que ela estava. Sabia: subiu. Curiosa, sabia. Subia: pela mão, passou, progrediu, foi subindo ligeira. Parou no braço, perto do cotovelo, interessada. Fez cosquinha. Roque pensou: podia levar ela pra mim. Domesticar. Valia a pena? Para Música esmagar mais uma, chinelada? Aracnofobia, lembrou, mas Música já foi embora, Roque. Casou. Desistiu. Sacudiu o braço, a outra se assustou, desceu.

A vida valia a pena?

Que a gente tivesse que herdar na nossa própria vida a carga dos erros dos outros, pai, mãe, antepassados era um absurdo, Roque pensava. Absurdo. Nossa vida tinha que começar zerada.

Família.

Astronauta. Quê. O senhor podia me ajudar com uma coisa. Não me chama de senhor. Ã. Não me chama de senhor. Óquei. Astronauta. Quê. Você podia me ajudar com uma coisa. Quê. Ah, agora esqueci.

Ah, lembrei. Astronauta. Quê, Roque. Você podia me ajudar com uma coisa. Diga. Umas palavras, pra música. Música? É, de cantar: cantiga, canção.

Roque tinha pensado nisso. Para levar letra de música para Sol. Vai ver que é disso que ele precisa: palavras. Não tem. Não encontrava. Talvez até voltasse. Pensou primeiro em procurar na mata, no lago, mas não era Gato, não saberia onde encontrar. Tampouco sabia onde procurar por Sol. Desistiu.

Se é que Gato tinha trazido da mata, do lago. Não tinha certeza, não tinha como ter. Então pensou em pedir para o astronauta. Mas sabia. Mesmo que o astronauta conseguisse umas palavras de música para ele, não conseguiria mostrar para Sol. Seria tão bom para os dois, pensava: finalmente Sol poderia parar de ficar só preparando a música e começava a cantar. Destravava a voz.

Quem sabe até se o passarinho não voltava: ti-ti-ti.

Soltava a voz. Sol. De vez. Mas sabia: não ia conseguir mostrar. Mesmo que encontrasse. Não tinha esse tipo de relacionamento com o irmão. A música de Sol ia continuar sem palavras. Pena, Roque pensou.

Sol. Às vezes ficava pensando, lembrava e nem acreditava: já houve um tempo em que tinha medo do irmão, morria de medo de Sol. Como assim. Não podia acreditar naquilo. Parecia que tinha acontecido com outra pessoa. Medo de quê, pensou. Sol era a pessoa mais inofensiva do mundo. Com sua bicicleta, seu violão. Seu passarinho. Margarida. Inofensivo. Ou não.

Longe, agora. Ou não.

Outra aranha

Zefa. Outro dia pensou: vou chamar de Zefa. A aranha: a outra, nova. A azul, com pontinhos vermelhos, brilhantes. Já tinha voltado a encontrar com ela, levara uns gafanhotos sem perna, uns besouros, de presente. Ela gostou, se acostumava com ele: Zefa. Linda. Ali mesmo: na mata, no lago.

Então Zufa emputeceu-se: Zefa! Tá maluco: dar meu nome pra aranha. Não é seu nome, é diferente. Completamente. Não adiantava dizer, um escarcéu danado: muda, tira esse nome senão eu vou lá e mato ela. Chinelada. Caramba que drama, Roque achou: tudo por causa de um nomezinho. Nem era tão parecido assim. Caramba.

Outra chinelada: nem pensar.

Depois pra que que você precisa de aranha. Já tem uma. Tava mais calma agora, nesse dia. Amanhã. Ou depois de amanhã. Do outro dia.

Não tenho mais. Música matou. Esmagou. Tem essa aqui. Pegou a mão dele, pelo pulso. Puxou pra junto. Abriu as pernas, tava sem calcinha. Isso pra mim não é aranha. É o que então. Gruta. Grutinha. Molhada. E quem visita ela. Minha cobra. Cobra, pra mim é mais uma

minhoca. Minhocão. Cego. Com um buraquinho na cabeça pra respirar. Que nem baleia. Para: é cobra. Óquei.
Quer entrar, cobra. Tá enfezada, toda dura, ai. Entra, amiga. Amigo. Óquei. Pode entrar, amigo.

Roque, devagar, cuidado com o bebê, não vai martelar a cabeça dele. Que ele nasce leso. Aí. Assim, vai. Vai mais. Gostoso. Mexe. Devagar. Assim.

Caiu

Lembrei! Como foi: Roque caiu. Foi aí que. Escorregou. Do barranco. O que estava fazendo ali, não lembrava. Uma tartaruga, seria. Queria pegar. Na beira d'água. Escorregou, rolou, a perna ficou presa numa raiz, torceu. Dor: chorava. E agora. Sair, voltar pra casa. Mãe.

Mamãe. Para de choramingar, Mamãe: me ajuda. Aqui na lama, queria gritar. Na lama, tou todo sujo. Machucado. A perna. Tá presa. Não conseguia soltar. Doía muito. Só chorava. Chegou minha vez. De chorar, Mamãe, engasgou: vou morrer aqui. Na lama, no lago. Ficou tudo escuro. Dormiu.

Quem me trouxe. Foi Juvenal. Juvenal Lata? Isso. Juvenal Lata: ele. Que isso. Gesso. Quebrou. Sua perna, Música falou: o médico disse.

Então isso foi antes, entende. Você entendeu.

Esqueci: não estou conseguindo contar na ordem. Sonhar. Na ordem.

Filha

Roque acordou. Estava escuro ainda. Zupha dormia. Levantou, saiu de casa, bem devagarinho, não queria acordá-la. Ela precisa dormir, sabia. Olhou para a mata: devia ir lá, não conseguia. Tão longe, tão frio. Se decidiu: ia, tinha que ir. Andou, andou. Andou mais. Há quanto tempo estou andando. Não sabia. Não chegava nunca, não era possível. Já tinha andado duas, três vezes a distância: ela continuava lá: longe. Parou. Entendeu: não ia conseguir. Por mais que andasse, corresse, naquela manhã, madrugada, não ia chegar lá.

Entendeu: não ia conseguir. Por mais que andasse, corresse, naquela noite, não ia chegar lá.

Nem naquele dia. Voltou.

Tinha que voltar. Entrou em casa: um choro baixinho atrás da porta. A Mãe tinha voltado? Seria. Não: era Zufa. Que foi, por que tá chorando. Olhou. A barriga. Cadê a barriga. Nasceu. Nasceu? Cadê o bebê. Na mata, no lago. Quê. É: ela tá lá. Com ele. Ela. É, Roque, ela: é uma menina. Tá com quem. Com ele. Ele quem, fala. Com Gato. Com Gato, você tá louca. Ele levou ela, na força? Não, Roque, eu dei ela pra ele. Por quê, ele entrou aqui? Não, Roque, eu fui pra lá. Pra onde. Pra mata, pro lago. Por quê, tá maluca, eu te falei pra ficar dentro de casa. A música. Me chamou. Que música, ele tava cantando? Não sei. Se era ele: tão bonito. Ele tava sozinho, Zu? Não: tinha os outros. Quem, gente? É, acho que era. Ou bichos, não sei, muitos. O cachorrinho também. Não é mais pequeno: grande. Ria. Todos riam: estavam felizes. Bololô. Quê, Roque. Nada. Eles me ajudaram. Quê. A ter ela. Estavam felizes: cantavam, dançavam. Os bichos? Não sei se eram bichos. E Gato? Feliz, feliz. Pulava, rodava, dançava: sobrinha, sobrinha. Falou? Não sei se falou: cantou. Cantou. Acho que sim. Eu estava feliz também. Muito. Daí ele roubou ela. Não roubou, Roque: levou. Vai devolver. Ele disse isso, Zufa, falou? Não, não disse. Mas eu sei: entendi. Um dia só: só um.

Eu sei, Roque disse: ela precisa ficar lá. Na mata, no lago. Os mistérios. Ã? Os mistérios, Zu, os mistérios. Me abraça.

Roque. Que foi. Tou com medo, Roque: ela deve tar com fome. E frio. Não: acho que ela não sente fome lá. Nem frio. Tou com medo. Dorme, Zu, dorme. Vai ficar tudo bem.

Astronauta. Quê. Tou com medo. De quê. Minha filha: se ela vai voltar. Calma, Roque, espera. Dorme.

Dormir. Nada. Levantou. Saiu.

Olhou para uma árvore perto, solta, isolada. No descampado, caminho da mata. Não se lembrava dela ali. No galho, um passarinho. O passarinho: ti-ti-ti. Não ia conseguir passar dali. Sabia. Voltou pra casa.

Tinha que voltar. Zufa dormia: dormiu o dia inteiro e ele não quis acordá-la: precisava mesmo descansar, recuperar as forças. Não foi um dia fácil, aquele. A casa estava muda. Aliás: não cantava se estivesse mais alguém além dele, você sabe, Roque sabia. Aquele silêncio. Tão vazia a casa, para onde tinham ido todos os móveis. Roque lembrava de móveis. Agora: nada.

Que tristeza, Roque pensou: nem gente, nem móveis: nada. Só ele e Zufa. E o bebê? A bebê. Qual o nome dela. Esquecera de perguntar para

Zu e agora não conseguia pensar em nenhum nome que tinham escolhido, por mais que se esforçasse: um vazio na cabeça, os nomes tinham sido sugados. Todos. Para onde, para a mata, para o lago? Gato, devolva minha filha. Gritou, mudo. Devolva o nome dela. Me diga.

Esperou. Tinha que esperar, sabia.

Não dormiu, não comeu. Não bebeu água. Nem leite, suco: nenhum. Nada. Esperava. Minha filha. Minha filha. Minha filha, Gato. Devolva. Bololô, cachorrinho: devolvam minha filha.

A noite caía: noitinha. Quente. Sem vento. Um chorinho atrás da porta. Da outra, de fora. Abriu, correndo: ela. Na varanda: Açucena. Minha linda. Obrigado, Gato.
Astronauta. Quê. Obrigado. Por quê, Roque. Por devolver minha filha. Não fui eu, Roque. Foi Gato. Foi: foi Gato. E cachorrinho, e Bololô — por que que você está rindo, astronauta. É engraçado esse nome que você inventou: Bololô. Eu inventei? Não?

Açucena

Ela chegou. Quem. Açucena. Como é que você sabe o nome dela. Eu sei. É: é esse mesmo o nome. Chegou? Chegou. Me dá ela. Me dá minha filha.

Como é que você sabia o nome dela: a gente nunca tinha pensado nesse nome. Ele me contou enquanto eu estava dormindo. Ele quem. Ele: o que está escrevendo a nossa história. Deus. Não é Deus, não. Não? Quem é, então. Ah, deixa pra lá. Não é linda ela?

Açucena Perigo? Roque não tinha pensado nisso ainda. Queria botar o sobrenome do pai na filha, duvidava, achava que não: queria se ver livre do perigo, pelo menos para a filha. Faro? Açucena Faro. Possa ser. Precisa conversar com Zufa.

Bem, tinha essa marquinha nela, no ombro dela. Uma não: duas. Uma em cada ombro. Será que Zufa tinha percebido. Vermelhas, pequenininhas. O que era aquilo. Roque não sabia.

Açucena Faro Perigo. Seriam dois sobrenomes, pudesse ser, não tinha certeza. Çu. Çu bastava, no máximo Açucena, ainda grande para uma menininha tão pequena. Faro Perigo. Será. Seria isso, pensava: poderia farejar, sentir o cheiro dele. E ser capaz de se afastar, evitá-lo. Pudesse ser.

Convulsão, convulsões

Astronauta. Quê. E a convulsão, as convulsões; nunca mais tive. Pois é. Você não vai escrever? Está sentindo falta, Roque. Não, deusmelivre, é muito ruim. Só estranhei. Pois é, não consegui encaixar: você evitava quando chegava perto. Sei. Deixa assim, então. Melhor. Descansa. Dorme.

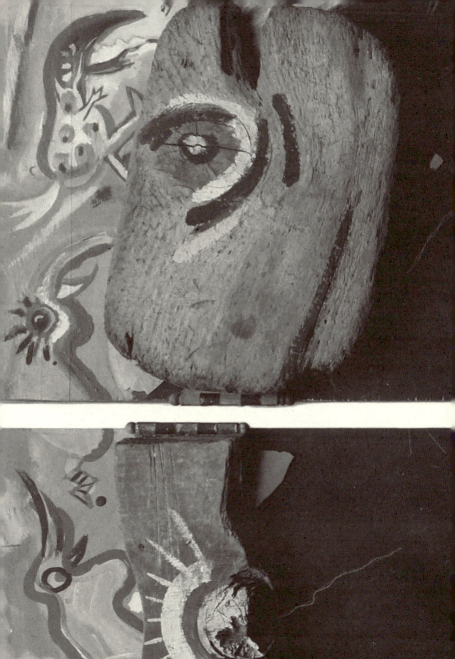

Outra música

Roque abre a porta bem devagar. Uma porta bonita, de madeira, pesada. A porta de um teatro. Antiga, madeira boa, de lei, toda lavrada. Entra só com metade do corpo, tímido. Ouve a música, é lindo. Como tocam bem. Param de tocar. Silêncio. Roque se preocupa; atrapalhou o ensaio, pensa. Sabe que é um ensaio. Vão ficar irritados comigo. Mas não: todos olham pra ele sorrindo: Sol, a moça e o barbudinho da flauta. Vem, Roque, vem. Vem cantar. Estávamos te esperando.

Viver de quê

O mais velho foi embora. A irmã casou com seu filho, saiu também. O outro vive na mata, no lago, parece um bicho. Agora com criança vai viver de quê, Roque ouviu. Seu Quinca fez um sinal, Juvenal se calou. Olhou por cima do ombro, Roque entrou. Ia comprar sal. Pediu. Pagou. Saiu.

Falando da minha família. Não gosto nada disso.

Viver de quê. Roque pensava nisso, sim. Das galinhas, dos ovos? Das verduras, das frutas, que vendia, uma parte? Sorte o avô ter plantado aqueles pés. De tudo: limão, sapoti, goiaba, mamão, jambo, bananeira, mangueira, seriguela, queria tanto ter conhecido aquele avô, pai da mãe. Sentia saudade sem ter conhecido. (Mas você conheceu, Roque, lembra: cabeça molhada! Resfriado! Vai enxugar. Ah, é.)

A Mãe. Roque sentia falta da Mãe. Às vezes. Tanto tempo, parecia. Ela longe: na casa da tia Sara, Sarinha, Música tinha dito. Não pretendia mais voltar, parece.

Tia Sara, Sarinha: filha de um irmão do avô, do Norte. Tinha vindo antes dele, do avô, o irmão. Casada com o Silveirinha, tio Silveirinha, que não era bem tio, Roque sabia: marido da tia.

Ele bate nela, Roque ouvira o pai falar, na mesa, quando ainda se sentavam todos juntos, os filhos pequenos, para almoçar, aos domingos. Antes do cachorrinho. Do chute. Da pedrada. Da porta batida. Bate nela. Bate nada, pensou que a Mãe ia dizer: mentira. A Mãe não disse. Nada: ficou só olhando, com aquele olho mudo, parado, o pai encarando de volta.

Depois baixou os olhos. A Mãe. Voltaram a comer.

Batia ou não batia, Roque. Acho que não. Só vi os dois uma vez, quando Gato nasceu: muito alegres, mãos dadas: a tia dava um beijo no tio, riam. Balançavam as mãos. Sarinha, Silveirinha. Felizes, pareciam. Pois é.

Magda

O nome dela é Magda.

Roque não tinha perguntado nada, só estava olhando. Distraído, nem ligou o nome que seu Quinca disse à moça que tinha acabado de sair. Seu Quinca: o dono da venda, pai do capirosto. Atendia do outro lado do balcão. A moça tinha pedido: uma lata de azeite, seu Quincas, por favor. Quincas: ninguém chamava ele assim, Quincasss. Ele é só um, Roque pensou: Quinca.

A voz era suave, límpida, combinava com ela, com tudo dela: a moça do sonho. Do ensaio. E Roque não conseguia parar de olhar. Queria que ela pedisse mais alguma coisa, mas ela pagou e saiu: muito obrigado, seu Quincas, tchau! Como é que podia conhecer o nome do homem: seu Quincas. Tchau. Se não era dali. Entrou num carro. Bonito.

Roque tinha certeza: nunca tinha visto aquela pessoa. Quem era ela. Não parecia real. Aquele cabelo preto, tão liso, a pele branca, quando saiu olhou rápido para Roque. Olhos verdes, achou. E sorriu de leve: a sombra de um sorriso. Sentiu-se iluminado. Tchau.

Magda. O nome dela é Magda. Não tinha perguntado nada, mas gostou de saber: Magda, o nome dela é Magda. Roque nunca tinha visto ninguém assim.

Bola

No lago. Roque está na beira do lago, parado. Nem dia, nem noite. Tudo claro, uma luz mortiça. As águas paradas, nenhum vento, a superfície tão lisa. Roque olha. Só olha.

De repente, uma bola flutua, rasga a superfície. Sobe tão rápido que quase salta para fora do lago, não está muito longe e Roque estranha:

que bola é essa. Estranho. Esquisito, e antes que Roque chegue a uma conclusão, afunda.

Roque mergulha: precisa saber. Não vê mais a bola e pensa: impossível, não pode desaparecer assim tão rápido. Roque continua a nadar para o fundo, mais e mais fundo. Preciso chegar até aquelas pedras. No fundo. Preciso. Muito. Não sabe se vai ter fôlego: periga não ter. Afunda. Nada. Nada. É recompensado: lá está ela, entre as pedras, Roque estica o braço e seus dedos tocam a superfície da bola. Ela é dura, lisa. Roque agarra: precisa subir agora, não tem mais ar, o fôlego acabou, se não subir agora vai morrer, sabe. Engolido pelo lago. Roque nada, nada. Pra cima: quer viver.

Respirar. Consegue, no último minuto rompe a barreira da superfície e respira. Ar. Não morreu. Quase perde a bola, que escorrega de seus dedos, mas consegue recuperá-la, viva, no ar.

Nenhum vento, a superfície tão lisa. Roque espera. Só espera.

Então se dá conta: não é uma bola, é um crânio, uma caveira. Humana.

O que fazer. Não sabe. Deve tirar aquilo do lago. Se pergunta. Não sabe. Não pode ficar assim, bracejando, esperneando ali, com a mão no ar, suspensa, segurando aquilo. Vai começar a sentir frio, já treme um pouco. Olha para aquela carantonha: ela parece lhe sorrir, mas Roque sabe que não. Não é isso. Dentes. Só dentes.

Aquele riso: sabe de quem. Sabe. Levanta o braço fora da água, suspendendo aquilo, enquanto seus pés e o outro braço continuam se movimentando para manter o corpo à tona.

De repente, algo, alguém, um corpo, um bicho, uma coisa, sai da água rápido, brusco, e arrebata o crânio da mão de Roque. Em seguida, no mesmo movimento, um arco no ar, mergulha de volta.

O gosto do susto na língua, a boca seca, Roque olha para a mão vazia. Na cama. Sufoca.

Que foi, Roque, tá passando mal. Não, não. Que foi. Um sonho, só um sonho. Pesadelo. Tá. Respira. Calma. Dorme. Não foi nada não. Você se engasgou. Respira. Dorme.

A gargalhada. Na cama ainda ouve a gargalhada. Curioso: não se lembra de tê-la ouvido no sonho.

Magda

Ela é música: musicista. Na farmácia disseram. O rapaz, o barbudinho também: toca flauta. Flautista. Ela toca piano. Vão se apresentar. Na reabertura do teatro. Da prefeitura. É, semana que vem. Ela é filha do doutor, o advogado, aquele, primo do seu Juca. Isso, o que comprou a casa dos Mascarenhas. E a fazenda. Isso. Vêm só de vez em quando, quase nunca.

Magda. Toca piano. Vai se apresentar. Roque quer ir. Com que roupa.

Precisa convite, Roque pergunta. Para quê, pergunta dona Cecília, da farmácia. Pra apresentação. De música. Acho que sim, Roque, por quê, você quer ir? Posso falar com o Aristides pra pedir para o doutor, o advogado, pai da moça, sabe, a pianista. Ele tá fazendo um serviço lá para ele, sabe, lá na fazenda, consertando o telhado da sala de jogos, trocando umas telhas quebradas. Quer que eu peça, eu peço. Por favor, dona Cecília, gostaria, sim. Duas, Roque, Zufa também vai? É, dona Cecília, duas. É melhor. Se for possível. Claro, Roque, acho que sim. Ele vai pedir. O doutor, o advogado, gosta muito dele.

De novo aquilo. No lago. Mas agora é diferente: não sabe como, já está com a caveira na mão, nadando no mesmo lugar para não afundar. Aquilo pesa. Roque fica olhando e vê a gargalhada nela. Ele espera. Já sabe que o bicho, a coisa, vai vir do fundo para buscar o que é dela, levar de volta, mas agora Roque já sabe o que é e eu vou contar para você. Ele tem medo, muito medo. Mas é daquilo levar sua mão junto. Ele sabe que tem que continuar segurando: faz parte. Espera: a pele.

Era horrível. A convulsão. De repente, mundo rodopia. Você perdia o pé, as pernas esperneavam, querendo fugir. Sem chão. Pra onde.

Quer ir, vai, Roque, eu não vou. Tou enjoada. Como é que eu vou deixar você sozinha aqui. Não se preocupa, estou protegida. Como. Por quem. Não sei, Roque, só sei que estou. Vai, você vai gostar.

Gostou, Roque. Aquele sorriso de novo. Suave. Olhando meio de lado. Cabelinho lindo. Olhos: verdes. Ela sabe meu nome. Gostou? Gostei. Muito. Que bom. Música linda, nunca tinha ouvido nada assim, teve vontade de dizer, mas não conseguiu. Boca seca. Não vai embora, não, quer dizer. Fala um pouco mais comigo, pensa. Magda, o pai chama, vem cá que eu quero te apresentar a umas pessoas. O advogado. Doutor. Com licença.

Depois: Roque estava quase saindo, com a mão abrindo a porta bonita, lavrada, ela voltou. Tou indo embora. Gostei de te conhecer. Você tem olhos lindos. Eu? Você que tem olhos lindos. Verdes. Verdes, acho que não.

Tua mulher grávida, rapaz, e você aí parado na outra. Roque caminhava de volta para casa.

(Grávida, ué, foi antes, acho que não: Çu já nasceu, esqueceu. Ou foi antes.)

Contava os postes: um, dois, três, treze, dezessete. No dezessete, dobrava, caminho de casa. Estrada e poeira, estrada e poeira. Se perdesse a conta não tinha problema: acostumadas, as pernas voltavam sozinhas. Estrada e poeira. Que diferença daquele lugar: auditório da prefeitura. Tapetes, luxo. Porta de madeira. De lei. Roque nunca tinha visto nada igual. Só no sonho. Do ensaio: era o mesmo lugar.

Ela pegou na minha mão, de leve. Me deu um beijo no rosto. De leve. Tchau. A gente se vê. Tchau, Magda.

Astronauta. Quê. Essa história da pele. Eu sei. É horrível. Eu sei, vi uma vez num quadro. Numa pintura, não me lembro qual. Uma pele pendurada, num galho. Acho que era de um santo. Esfolado vivo. Tem também outra: de um juiz corrupto. Na Idade Média. Esfolaram ele vivo também, estava deitado, sentindo aquilo. Era o que se fazia: a sentença.

Astronauta. Quê. Por que que eu sonhei isso. Não sei, Roque, aí é com você.

Outro, o terceiro: agora Roque está parado na margem do lago, no mesmo lugar. Sentado, na beira. A água está gelada, ele não entrou, mas sabe: gelada. Tudo manso, muito, não tem um sopro de vento. A superfície: um espelho. É bonito, Roque acha: podia ficar ali a vida inteira, no meio daquele silêncio. Então, o som: vem. É o som, a voz da casa. A música. E Roque sabe para onde olhar, não consegue evitar: um ponto na superfície do lago. Vai começar, sabe. Espera. Algo começa a emergir, uma cabeça, mas dessa vez não é aquela: é outra. Magda. A cabeça de Magda. Estranho: os cabelos estão secos. Ela vai subindo devagar. Saindo da água. Devagar. E a música invade Roque, dilacera por dentro. De alegria. Em lágrimas, escorre. Então a música para. E Magda para também: é como se tomasse pé. No fundo (tão fundo, como pode). Abre os olhos, olha para Roque, sem mexer a cabeça. E sorri. A sombra de um sorriso, vislumbre. Então, os olhos se fecham, verdes, as águas do lago, e Magda começa a afundar. Suave. As águas se fecham: ela desaparece.

Que foi, Roque. Nada. Sonhou de novo. Un-hum. Tá chorando. Não foi nada, tá tudo bem. Dorme.

Presentes

Primeiro foi um berço. De vime, lindo. Zufa ficou feliz. Muito. Roque estranhou, mas gostou: um presente. Estavam precisando mesmo. Agora ela tinha sua caminha. Açucena. Já estava na hora.

Quem tinha deixado. Quebrava a cabeça para descobrir. Depois apareceu mais. Roque abria a porta cedinho e lá estava: quase sempre era comida. Coisa boa: um dia, um pato; outro dia, um presunto; depois, um peixe grande. Uvas. Amoras. Castanhas. Leite. Seria Gato. Pudesse ser. Presentes.

A Mãe não ia voltar, Roque sabia. Não se importava, ficava até aliviado. Por ela. Ia ficar morando com a prima, perto da casa de Música, ficou sabendo. Um dia, talvez, viesse visitar a neta. Ou eles poderiam ir até lá: não era tão longe assim.

Agora Roque tinha que cuidar de tudo, das galinhas, dos ovos, da horta, colher as frutas antes que apodrecessem no pé. Sozinho. Os cabritos, ah, se ainda tivessem os cabritos, a cabra.

O bêbado

O pai. Agora é o bêbado da aldeia. Vive caído pela praça, Júnior veio dizer. Zufa contou, e Roque: vou lá, quero ver. Não, não precisa. Melhor não. Vou, tenho que ver. Foi: viu. Era aquilo mesmo. Bêbado, caído na praça, dormindo em pleno dia. Babando: uma baba esquisita, grossa, escura. Roque não conseguia parar de olhar. Virou as costas, voltou. Para casa. Para Zufa, Açucena. Suas meninas.

Júnior

Não sei mais consertar carro. Júnior veio dizer. Esses novos. Não sei. Não aprendi. O pai não me ensinou (Zaca não era só caçador, na verdade ganhava a vida como mecânico, acho que pulei essa parte).

Júnior não guardava mais rancor de Roque. Não sei se tinha acreditado que ele não era responsável pela morte do pai ou simplesmente tinha desistido de se preocupar. Não era de guardar rancor. Afinal, o outro não queria matá-lo? E, além disso, ninguém parte fora da hora, pensava.

Agora estava preocupado: não sei consertar carros, esses novos, Roque. O advogado, esse que chegou, o doutor, me levou o carro lá, que estava fazendo um barulho estranho. Liguei, fiquei olhando, ouvindo, enrolei, vou ver, depois: não tenho a peça, teria que mandar buscar. Vai demorar. Melhor pedir o reboque. Não sei se acreditou. Riu. Virou as costas, foi embora. Vou embora também. Aprender: tenho que aprender. Aqui nunca vou aprender nada. Cafundós, Roque pensou.

Você também vai embora, Roque? Não sei, vou?

Duas músicas

Deixa te explicar, astronauta. Zufa, Zufa sou eu, Zufa é aqui, é nós. Zufa é meu passado, é a família. É minhapaca, o pai dela querendo me matar e morrendo, na mata, no lago. Espingarda mordida, melada. Os mistérios: o irmão dela achando que foi — fui — eu. Juvenal. Meu pai. Minha mãe chorando baixinho atrás da porta. Nós, o galinheiro. Zufa é tudo isso. O passarinho. E a gaiola.

Magda é outra coisa: a música. Outra música, de outro lugar, que eu não conheço. Fora. Não é a música do Gato, do cachorrinho, de Bololô, a música da mata, do lago, os mistérios. Nem a música da pedra. Ou a do passarinho, nem a da casa, do disco, nada disso: nenhuma. Outra. Por isso Sol foi embora. Com o violão. Procurar essa outra música.

Zaca, meu pai

Tenho saudade do meu pai, Roque. Muita. Silêncio, Roque não respondeu nada: dizer o quê. Desculpa. O quê. Eu sei que ele quis te matar, mesmo assim: eu gostava muito dele. Eu sei, Zufa. E ele de mim. Eu sei. Ele não merecia morrer daquele jeito. Roque ficou quieto, mudo: que jeito, pensou.

Minha paca. A morte de Zaca, um dos mistérios. Se encontrasse Gato, talvez pudesse perguntar, mas ia adiantar, Gato ainda poderia responder? E estaria sozinho? Difícil, muito difícil.

A saudade do pai era uma coisa que Zufa ia ter que carregar pelo resto da vida. Junto com a culpa. De sentir essa saudade. Afinal, Zaca tentara matar Roque. Minhapaca, aquela raiva. Saiu-lhe o tiro pela culatra.

Uma saudade pesada, como um saco cheio de pedras. Pelo menos isso, Roque pensava: as minhas são vazias, cheias de ar, de nada. Cheias de vazios, de sensaberes, náossaberes. Incompletas. Gaiolas vazias. Talvez por isso seja tão difícil respirar. Os sufocamentos.

A pele, o couro

A pele do pai. Toda. O couro: sem gente dentro. Era isso, Roque sabia. O bicho, a coisa que saía da água para resgatar o crânio, a caveira. Era de direito: dela. Dele. Levar de volta para o fundo. Para as pedras. Roque parou de sonhar aquilo. Podia: nunca mais. Nunca mais.

Alvorada. Roque amanhece. Sem sonhos. Livrou-se de todos, de tudo. Quer ser só futuro: Açucena.

Astronauta. Quê. Que que quer dizer esfolado. É isso, Roque. Que você sonhou. O quê. Quando tiram a pele de alguém, deixando em carne viva. Vivo? Com a pessoa viva? Às vezes, já disse. Nossa. Deve doer muito. É. Muito. Esquece isso, Roque.

A suspeita

A suspeita, meu filho, a suspeita. Roque estranhou: o pai nunca o tinha chamado de filho, muito menos de meu filho. Fazia força para ficar sentado no banco da praça: ora caía para a frente, ora para o lado. Roque o amparava. Vencia o nojo, tal o fedor, as roupas imundas, mas não podia deixar o pai cair de cabeça. Nem queria que caísse por cima de si. Os piolhos: muitos. Piolhada.

Tinha sido avisado: seu pai quer falar com você. Disse que precisa: é urgente. Ficou na dúvida. Não tinha mais nada a dizer ao pai e também não queria ouvir. Nada. Coisa nenhuma. Que o esquecesse na sua bebedeira final. Insistiram: é importante, disse. Implorou que fosse. Importante. Droga. Foi.

Agora: a suspeita, meu filho, nunca deixe a suspeita te envenenar. Acabou comigo. Olha onde eu vim parar: na sarjeta. Miserável. Danado dum egoísta. Só pensa em si, Roque pensou: onde vim parar. E a família, desgraçado, onde foi parar a família. A porra da família. Como vai sua mãe. Roque se levantou. Era demais. Foi embora.

Desgraçado. Nem perguntou pela neta.

Astronauta. Quê, Roque. Você conhece um livro chamado *Eram os deuses astronautas?* Mangando de mim, Roque. Por quê. Essa pergunta. Que que tem: foi você que escreveu. O livro? Não, a frase aí em cima. Sim, mas por que que você está perguntando isso. É que eu me lembro desse livro lá na escola, quando eu ainda ia. Mentira, não é possível. É verdade, astronauta, a professora criou uma biblioteca no corredor. Eu vi o nome desse livro. Leu. Não, astronauta, quando eu voltei para pegar, a estante não estava mais lá. A biblioteca tinha acabado. E a professora tinha ido embora.

Pintinhas vermelhas

Aquelas pintinhas vermelhas. Roque já tinha desistido de entender. Os pontinhos, ou sinaizinhos vermelhos nos ombrinhos da filha. Não se preocupa, Zufa o acalmava: deve ser manchinha de nascença. Roque dava de ombros, a menina era saudável. Alegre: feliz.

Os presentes continuavam a aparecer. De manhã: por mais cedo que acordasse, Roque abria a porta e lá estava. No mais das vezes, comida. Mas também aparecia roupa de criança, vestidinhos, brinquedo. Roque cismava. Daí decidiu: passar a noite perto da porta, sem dormir, se conseguisse.

Acordou assustado: um pesadelo. Na sala. Tinha pegado no sono. Não lembrava o que tinha sonhado, só que um peso no peito impedia que respirasse. Uma obrigação, não sabia qual. Tinha chegado a hora. Chegou. Gritou, no sonho.

Deve ter gritado de verdade, porque Açucena acordou: chorava alto. Roque entrou no quarto. Zufa resmungava dormindo. Roque resolveu tirar a menininha do berço e embalá-la para que voltasse a dormir sem acordar a mãe. Era uma noite quente, sem vento e ele saiu com a filha para a varanda.

Paz, pensou. Seria isso felicidade. Completa, pudesse ser. Lembrou de outro dia, outra madrugada: Gato, a cantoria. Uma lufada de vento, só uma, sentiu.

Um bafo. Quente, uma nuvem pesada desceu.

E a calma tranquila não estava mais lá. Preocupado, quis entrar: um bicho, seria. Bichos: voltou-se para a porta entreaberta, a mão já ia tocar o trinco então viu: os cordões, de luz: voavam, azuis, dos ombros da filha. Filamentos.

Para onde, meudeus, para a mata, para o lago, seria. Possa ser. Não sabia. Sentiu que transbordava, um rio de dentro, feito quando chove nas cabeceiras. Veio vindo: choro, seria. De medo, de alegria, não sabia. Só sabia que agora não podia entrar em casa: segurar a menina leve, leve, era preciso: que não flutuasse, ventasse. Para longe. Para a mata, para o lago. Os mistérios. Choveu então tudo que tinha, continha. Transbordava: no rostinho dela. Morna chuva: lágrimas, pai. Batizado: Açucena. Obrigado, Gato: teu padrinho.

Sol. Sol! Minha filha nasceu! Música! Vem visitar: sua sobrinha, gente. Mãe: sua neta, netinha. Tão pequena. Vem gente: visitar. Tão leve. Sigam a estrela, que nem tem. Vem! Pai! Pai.

Zuphia se assustou: que foi Roque, da porta. Que gritaria é essa. Daí entendeu. Vem cá, pretinho, não faz assim. Um dia eles vêm. Todos. Vai, deixa sair. Grita, pode gritar. Grita mais. Que dó, que dó. Grita. Não: está vazio agora.

Então choveu. A chuva, irmã maior, despencou. Lavava tudo. Muita água. Gelada. Era o lago que transbordava. Seria.

Entra, entra, vocês estão ensopados, Çu pode se resfriar. Sabia que não. Não agora. Deixa eu enxugar vocês, vou pegar uma toalha. Rápido. Entraram.

Possa ser

Que que te deu, Roque. Não sei, astronauta: de repente comecei a gritar se não rebentava. Por dentro e por fora. Entendo. Astronauta. Quê, Roque. Queria agradecer. Não, não tem de quê: foi bom para mim também. Mesmo assim: obrigado.

Astronauta. Quê, Roque. Eu sou você? Possa ser. Não, não brinca com isso. Com quê. Com meu jeito de falar. Ué, você não é eu?

Roque. Quê. Dê um pulo na mata. Já tentei, astronauta, não consigo: ela se afasta. Com o lago. Não me deixa. Insista. Tente de novo. Você vai me ajudar, será. Vou tentar.

Fogo

Minha dúvida, Roque, é: se a mata pega fogo. Não, astronauta, não escreve isso, não. Mas as matas estão se incendiando país afora, Roque. Mas essa não, astronauta, não faça isso: essa foi antes. E era muito úmida, não tinha como pegar fogo. Bobagem: toda mata está sujeita a incêndios. Mas essa fica muito longe. Outro tempo. Será. Possa ser. Também não me dá o menor prazer pensar em escrever isso, não. Então não escreve.

Seria assim: os bichos gritam. De medo, de dor. Desesperado, Roque corre para o lago. Leva baldes, bacias, panelas, potes, cuias, cumbucas, mas sabe que é inútil. Sozinho não poderá nada, ou quase nada. Gato: pensa em Gato. No cachorrinho, até em Bololô. Não é possível. Se desespera. O fogo arde. As plantas choram, crepitam. Roque luta, enche um balde depois do outro, corre, molha as plantas, volta enche mais um, dois, mil, corre, escorrega, se machuca, a perna dói, continua, molha mais plantas, ouve os bichos, não desiste, mas exausto sente que sua luta é em vão. Chora: Gato! Gato!

Salvar o irmão.

Para, astronauta, não escreve mais isso não. Por favor. Vamos ver, Roque. Mas olhe. Quê. Pode acontecer. Prepare-se.

Água

Na farmácia: não é fogo, é água. Quê. Água. Muita: vão inundar tudo aqui. Construir uma hidroelétrica. Roque não diz nada. Não sabe o que dizer. Nem o que pensar. Mas. E as casas. Os bichos, as plantações. Tudo, tudo. E a gente. Nós. Vamos ter que sair, para outro lugar. Já está decidido. Quem. Quem decidiu. O prefeito, sei lá. E os outros políticos, o advogado. Mas a mata, o lago. Pois é: o lago vai crescer, inundar tudo, engolir a mata. Alagar. E os bichos, as plantas. Eles vão tentar tirar o máximo possível.

Resgatar, disseram. E levar pra onde, meudeus. Para outro lugar, longe, Roque, não sei.

Saiu andando. Cabeça baixa, nem sabia para onde: andava. Precisava andar.

E Gato, meudeus, o que seria dele. Bololô. E cachorrinho. Roque tremia. Não é possível: vão acabar com tudo. Com a minha vida. A nossa. Todo mundo.

Foi aí que sentiu. Não é possível. De novo, não. Astronauta, não, você prometeu. Um vórtice, redemoinho, seus pensamentos sugados por um cano grande, enorme, uma pia que era um lago gigantesco, rodopio, rodapia, sugava tudo, todos, a existência e os existentes: vocês não têm importância, vocês não são nada: a vida de vocês não vale nada. Vidinha. Ainda vamos indenizar, querem mais o quê: vamos indenizar. Indenizar. Indenizar. Indenizar. Indenizar. Roque descia, tragado. Naufragava, afundava. Socorro, a garganta fechada, queria gritar. Mas, ali no meio do nada também, quem ia ouvir.

Sentiu o corpo inteiro se enrijecendo, depois nada: era água. Era nada. Só o escuro.

Acordou na mata. Como fora parar ali. Estava fraco, mole. Exaurido.

Bola, bolas

Outro dia. Tu não é o garoto que joga bola. Não gostava desse tipo de pergunta. O bom de bola, filho do Perigo, insistiu. Não respondeu. Ficou só olhando. Falaram de você lá na casa do advogado. Pra pelada. No dia do churrasco. Tão querendo você no time. Pra reforçar. Que com você o time não perde.

Bom de bola. Não dava a mínima. Sabia que era famoso na escola com isso, quando ainda ia: bom de bola, o craque do time. Queria era saber cantar. Trocava tudo por isso: saber cantar. Mas esse tipo de coisa não dava pra escolher.

Churrasco na casa do advogado. Magda estaria lá, seria. Pudesse ser: a filha, era. Do advogado. Roque começou a pensar: valia a pena jogar, reforçar o time? Pra ver Magda.

Voltou lá. Na farmácia, no dia seguinte. Aceito. Pode dizer lá: que jogo, vou jogar sim. Que bom, Roque. Acho que tem até um dinheirinho. Dinheiro? Não carece. Jogo porque quero. Bom, você que sabe. Vou avisar ao advogado. Quando é. Agora, domingo. Já. Já: depois de amanhã.

Quer ir. Ver você jogar, eu quero. Posso, perguntou. Ué, pode. Acho que pode, por que não. Sei lá, casa de rico, churrasco. Ué, vamos. Se cismar a gente volta: daí não jogo. Azar o deles. E Çu. Ué, leva ela. Ué.

Preferia que ela tivesse dito que não, que achava melhor ficar em casa: talvez. Possa ser: queria e não queria que ela fosse. A outra estaria lá: nem sabia ao certo.

Que bebezinha linda, é sua filha, Roque: Magda, toda animada, shortinho branco, chique, blusa azul. É, sim. E essa é a Zu, Zuphia. Oi, como vai. Linda sua filha. Como é que ela se chama. Açucena. Açucena? Que nome lindo. Ai, que fofinha, posso pegar ela no colo. Claro. Zufa detestava que gente estranha pegasse a filha no colo. Mas fazer o quê. Roque ficou só olhando.

Como é que ela sabe seu nome: é sua filha, Roque, imitou, azeda, fazendo careta, vozinha esganiçada. Estava com raiva, ele sabia. Ciúme. Da outra saber seu nome, de pegar a menina no colo e levar para a família ver, ou tudo junto: difícil dizer.

É, conheci no dia da apresentação. Da música. É filha do advogado. Pianista. É sua filha, Roque, que linda ela: folgada. Muito irritada.

Tomara que esse jogo comece logo.

Não começou. Demorou. O churrasco vinha antes, tinha muita gente de fora. E os cavalos.

Dois cavalos brancos. Lindos. Um inteiro, o outro castrado. Selados: que selas! Magda não queria montar, o namorado insistia. Uma amiga. Amiga? Paloma.
Ou Pamela. Eu vou com você, Zé. Zé Antônio: o namorado. De Magda. Noivo. Pudesse ser.

Foram. Zé Antônio no garanhão. Cavaleiro, se mostrava. Empinou, era bom naquilo. Roque viu as mãos, tranquilas, segurando as rédeas de leve, quase uma carícia no pescoço do cavalo, a sugerir: empina. Saíram a galope. Magda não gostou: fechou a cara, emburrou.

Vontade de andar a cavalo. Pensara alto. Quê, Zufa perguntou. Nada. Ali perto, amarrado numa árvore, um tordilho: jeitoso, arreado já. Cavalo de serviço. Perto, cigarrinho na boca, Roque reconheceu: o seu Jorge, pai do Jairinho, seu colega na escola quando ainda ia. Trabalhava na fazenda. Levantou. Nem pensar no que estava fazendo, pensou: seu Jorge, posso pegar o cavalo emprestado. Só um pouco. Ô, Roque. Pode sim, filho, só não vai longe nem aperta muito o bicho não, que tava na lida, indagorinha, tocando gado. Não, pode deixar, só vou ali. Apontou para a colina: sempre tivera vontade de ver como era lá de cima. Tá bom, mas sobe devagar. Não força ele. Tá certo. Pulou pra cima, tocou o bicho.

Cavalinho bom, pensou: trote macio. Bom de andadura: marchador.

Magda. Tem namorado: Zé Antônio. Cavaleiro: sabe montar, empina cavalo. Filho de deputado. Namorado. Noivo, seria. Pudesse ser. Ué, e daí, Roque, você também não tem, não tem filha e tudo. Chegou no alto do morrinho: que lindo aqui. Descortinava a paisagem toda: a casa da fazenda, a piscina e, à direita, depois de um declive, o campo de futebol. Em volta da piscina, as pessoas sentadas formando grupos em torno das mesas, outras de pé, como pareciam pequenas, inofensivas dali, o advogado,

o deputado, nem conseguia distinguir direito quem era quem: Zufa, Magda, Çu. Júnior, seria. Formigas, pensou. Formiguinhas.
Eu também.

Do outro lado, à esquerda, no caminho que circundava por baixo o platô da piscina, surgindo das árvores, dois cavalos brancos a galope, em disparada, no caminho, na terra ainda repleta de poças da chuva da véspera. Zé Antônio. E Pamela. Ou Paloma.

Peraí: em disparada. Não estão indo rápido demais, não, Roque fica na dúvida. O cavalo da moça na frente, Roque percebe: disparou mesmo, o rapaz, galopando atrás, tenta controlar a situação e é como um filme, não parece real. Entram numa curva e, de repente, o castrado escorrega e a moça cai. Como uma boneca, Roque pensa. Uma boneca. Parada no chão, imóvel. Morreu, será. Possa ser. Nossa. Quebrou o pescoço. Meudeus. Não: se levanta, passa a mão na roupa, clara, branca, agora toda suja de lama nas costas, nas pernas da calça, mesmo a distância dá pra perceber. O cavalo também se levanta, rápido. O outro animal se aproxima, o condutor é experiente, tenta apanhar as rédeas do fujão. O garanhão se irrita, escoiceia, não quer se aproximar do outro. Que se assusta, retoma o galope. Zé Antônio parece dizer alguma coisa para a garota e toca o cavalo. Somem cavalos e cavaleiro atrás de outro arvoredo, um bambuzal, parece, em uma curva mais adiante. A moça retorna a pé, cabeça baixa. Some de novo sob as árvores da primeira curva.

Lá longe, pra lá do campo de futebol, Roque vê: cavalos e cavaleiro reapareceram. Agora está quase: mais um pouco e vai conseguir. Só que não: brusco, o castrado cabeceia violento e dispara de novo: vai entrar na brenha de um riozinho, começa a descer no meio da vegetação cerrada. Roque entende: vai dar a volta, mas — esse cara é maluco ou o quê. Em vez de voltar. Zé Antônio toca o brancão para dentro do riacho: na frente, o castradinho já sobe do outro lado e Roque vê o rapaz estimulando a montaria a subir pela margem íngreme. Mas por aí não, teimoso, é muito inclinado, não vê que não vai dar. Dito e feito: o garanhão desliza, despenca para trás. De costas. Vai esmagar o rapaz, Roque pensa, aflito. Não, já se recuperaram ambos: o cavalo na frente, aliviado de sua carga, insiste, consegue agora subir o barranco, e segue os passos do outro animal, que já vai longe. Desanimado, sujo, todo ensopado, o cavaleiro não tem mais o que fazer: continua a pé. Já entendeu que pode dar a volta: segue os bichos. Que conhecem melhor o terreno. Roque, por sua vez, desce também pelo seu lado: o show acabou.

Gargalhadas. A amiga — Pamela, Paloma: nunca sei. Bonitinha, charmosa, ri muito, contando a história. Está toda suja, enlameada. A seu lado, Zé Antônio, recém-chegado, sorri encabulado, a roupa toda molhada, empapada de terra e lama também. Saiu a cavalo, tomou caldo no rio, voltou a pé: dessa vez não deu pra bancar o herói. Roque já devolveu o tordilho, vai para a mesa, pra perto de Zufa.

Que que houve, você viu lá de cima. Cavalo disparou. Caíram. Os dois. Os dois? Estranho. Na outra mesa, Magda também parecia achar: tudo muito estranho. Esquisito. Fechou ainda mais a cara. Os homens riam: deputado, advogado, prefeito, dentista, bebericando seus uísques. Magda emburrada.

Magda olha para Roque. Percebe um sorriso, quase nada, nos olhos dele: ele sabe, ele viu. Um movimento de cabeça, uma mirada de soslaio, está intrigada. Perscruta a fisionomia dele: vai perguntar, será. Continua a olhar de longe. Só ele poderia confirmar: a aventura. Qual. Aquela, seria. Dois cavalos. Queda. Lama. Será. A dúvida.

É de alegria. O sorriso. Dele. Viu tudo de cima. Só ele sabe, só ele viu. Sem dúvida. Só ele: Roque Perigo. Podia contar.

Carros

Bonitos, hein. Roque olhava os carros, levou um susto, não esperava ninguém chegando por trás assim, sem fazer barulho. Júnior. Não sabia que ele vinha. Mas era natural: era o mecânico do advogado, mesmo que não desse conta da mecânica — eletrônica, na verdade — sofisticada do carro do patrão. E bom de bola: não como Roque, craque, mas bom, artilheiro, cabeceador, chutava bem, fazia seus golzinhos.

Roque pensou, preciso dele no meu time. Relembrar a dupla dos recreios na escola, quando ele ia.

Bonitos, hein. Ã. Os carros, Roque, os carros. Ah. Lindos. Aquele ali é o melhor, apontava para uma picape. Do deputado. Esse, do advogado, também é muito bom. Ótimo. Japonês. Roque nunca tinha visto um carro como aquele, azul. Metálico. Lindo. Não se interessava muito por automóveis, mas aquele, realmente, era um carro especial. Espaçonave, praticamente.

Reconheceu também o carro de Magda, bem pequeno, vermelho com a capota branca, dois lugares só, nunca tinha visto um carro assim. Um garçom se aproximou, com uma bandeja repleta de tulipas de cervejas. Opa. Júnior pegou uma para si, outra para Roque. Obrigado. Quero não. E aí, animado para o jogo.

Roque não come muito. Bebe menos: quer jogar bem. Quer Júnior no seu time, mas sabe que isso não é ele que vai decidir. No par ou ímpar.

Aquele deputado. Tinha vontade de chegar ali na mesa dele. E dizer. O quê. Roque não sabia. Não tinha a menor ideia. Lembrou, na farmácia: o projeto é dele. Da inundação. Uma pequena hidroelétrica, disseram: aí tem coisa. Seu Aristides, da farmácia, balançava a cabeça. E esfregava um dedo no outro. Tá tudo arrumado: com o advogado, tudo acertado. São primos, parece. Agora vê se vai alagar as terras dele, a fazenda. Vai nada. Que raiva. Roque tinha vontade de ir lá, na mesa deles. E fazer o quê. Dizer o quê.

Esqueci meu pin outro dia. Já imaginou: esqueci meu pin. Como assim. O pin, a senha do computador, do laptop. Putaquepariu, falei, tou fudido, pensei. E agora. Gargalhadas, golinhos nos uísques. E aí como é que cê fez. Ah, passei adiante: deleguei, eu tenho um menino lá que é ótimo nessas coisas. Resolveu? Resolvi. Mas você não tinha anotado, sua secretária. Porra nenhuma, é tanta senha: senha de banco, senha disso, senha daquilo. Senha do peiperviu. Esqueço. Esqueço tudo. Acho que já é Alzheimer. E você, rapaz, chega aqui. Roque se aproximou; me conta uma coisa: você já esqueceu seu pin? Gargalhadas.

Eu. Não sabia o que dizer.

Hein, garoto, que que você acha: já é Alzheimer, perguntou o outro. E tome gargalhada.

Não era pergunta e Roque já ia virando o pescoço rápido para encarar: tá pensando que eu sou bobo, mas não, melhor não. Deixa quieto.

Os outros riram, um quase engasgou com a bebida. Tossiu. Zé Antônio também riu: o noivo. Riu porque os outros riram. Sentiam-se bem rindo juntos.

Alcateia.

Riam juntos: gostavam muito disso. Riam para rir juntos. Matilha de cães latindo ao mesmo tempo: tiram sua força daí. Riam: cães latindo. Ou uivando: lobos. Alcateia. Será que sou lobo também, Roque pensou. Acho que não.

Desistiu de ser lobo. De vez.

Não riu. Fez questão.

Brincadeira, garoto, não leva a mal, não. Aqui tá tudo meio bêbado, já. Vai. Toma também aqui um copo. O quê, não bebe? Ok, ok. Ah, você é o garotão bom de bola, vai reforçar o time. Melhor não beber mesmo. Aqui, Custódio, o craque: nosso reforço, nem beber bebe, não vai nem comer picanha, só a bola!

Sol forte. Muito forte. Cabeça pesada.

Mas fininho assim: na primeira bolada quebra. Sem comer então, disse o outro, o careca de bigode e cavanhaque, dando um golinho no uísque. Quebra nada, discordou o deputado, barrigudo: isso é raça forte. Sangue bom. Qual é o seu nome, meu filho. Roque. Roque de quê. Perigo, Roque Perigo. Perigo? Esperava nova gargalhada, mas o que veio foi um silêncio pesado.

Depois: pois pra mim vai ser Fininho. Fininho, não, falou o garotão: Bambu. Bambu é melhor: como disse meu sogro: dobra, mas não quebra. Dobra, não, Zé Antônio, verga: verga, mas não quebra. Óquei, verga. Bambu, verga, mas não quebra. Que nada, o nome dele é Roque. Roque Perigo. Não é, garoto? Vai. Comer alguma coisa, até porque saco vazio não para em pé. Daqui a pouco o jogo começa.

Bambu. No cu.

Desgraçado, desgraçados. Tinha vontade de pular no pescoço dele, deles, do advogado, do deputado, prefeito, do irmão, do sobrinho, noivo, do amigo, sei lá: todos. Torcer o pescoço, feito o do passarinho, quando era pequeno. Mas ia adiantar, pensava. Eram muitos e ele um só. E sempre chegariam outros. Muitos. Alcateia. Matilha. Ele: um só. Ti-ti-ti. O passarinho era ele.

Roque Perigo. Só no nome. Perigo: nada.

Astronauta, te fazer uma pergunta. Quê, Roque. Você não estava lá, no churrasco. Eu. É, na mesa do advogado, rindo com os outros, copinho de uísque na mão. Eu, Roque, não, cê tá doido. Não era eu, não. Não, jurava que sim, que tinha te reconhecido. Não, Roque, você se enganou. Não conheço esse pessoal, não ando com esse tipo de gente. Óquei.

O jogo

Os homens batem. Par ou ímpar: deputado, advogado. O primeiro ganha, escolhe: o filho. Zé Antônio é meu. O pai de Magda: quero Roque. Roque torce: que o outro não escolha Júnior. Não escolhe: aponta para um amigo do filho. Tá ficando bom, Roque pensa.

Júnior era muito esforçado. Atlético. Forte, Roque admirava isso: o amigo se doava ao máximo em campo, pelo time. Suava. Muito. Quando marcava um gol, explodia em felicidade. Roque se sentia feliz também, por ele. Sabia que nunca se sentiria assim. Aquela intensidade. Marcasse quantos gols.

Toma aqui: o dobro do combinado. Só por ter humilhado Zé Antônio. Humilhei porque quis, não por dinheiro, já ia dizendo. Além disso, não tinha combinado nada, pagamento nenhum.

A não querer tudo fácil demais. Pois tudo fácil valor nunca traz.*

Não teve tempo: Zufa foi mais rápida, pegou as notas: obrigado, doutor, vai ser muito útil, Roque agradece. E eu também. De nada, querida, voltem mais vezes. Adorei ter seu craque no meu time. Disse e deu tapinhas nas costas de Roque. É linda sua filha, como é mesmo o nome dela. Açucena. Açucena: linda. O nome também. Voltem sempre. Se precisar de alguma coisa. Estamos aqui pra isso.

Não foi difícil: Roque toca, Júnior devolve, ele chuta, rasteiro, no canto. Gol. Um a zero.

O advogado encosta para ele no meio de campo. O campo não é grande, Roque experimenta dali: a bola trisca o travessão, cai macia, o goleiro não acha nada, entra: dois a zero. Da arquibancadinha — ao lado do campo tem uma de madeira — palmas e gritinhos de mu-

---

* O GÊNIO. Intérprete: Roberto Carlos. Compositor: Getúlio Côrtes. *In*: Roberto Carlos 1966. LP, faixa 8 (2 min 56 seg).

lher. Roque olha, vê Magda, Zufa com o bebê. Pamela — ou Paloma — é a mais animada: bate palmas: vai, Roque. U-hu.

Roque ficou feliz: com o gol de cabeça. De Júnior, bola levantada na área por ele. Feliz, não tanto pelo gol em si, já previa que ia ser de goleada, um passeio: um a mais ou a menos não fazia a menor diferença, mas pelo sorriso de Júnior e o gesto, com a mão fechada esticada no ar, braço retesado num impulso: é! E depois apontando para ele, como no tempo do colégio. Ficou feliz: Júnior já não acreditava que tinha sido Roque. A matar o pai dele. Minha paca: podia enterrar aquilo. Menos um peso.

Júnior estica uma bola na ponta direita, Roque corre, chega. Dribla, passa por um, por dois, com um jogo de corpo finta um terceiro. Entrando na área, sente: Zé Antônio vem com tudo. Recolhe a bola, come por dentro, o outro tenta parar, não consegue, desliza na grama molhada, de bunda, na lama. Da arquibancada, risadas. De canhota, sem ângulo,

Roque chuta fraco. Mesmo assim a bola entra: é frangueiro o goleiro. Será o barbudinho da flauta, Roque se lembra. Mais palmas: quatro (ou cinco? Já perdeu a conta).

Não tinha nada que ter pegado o dinheiro. Por quê: você jogou bem, marcou dois gols, deu passe pra outros, o time dele ganhou. Ainda humilhou o namorado da filha: ele adorou: tinha que ser bem pago, nada mais justo.

Cabeça em pé, Roque conduz a bola pelo meio de campo: quer encontrar Júnior na área, deixar o cunhado de frente para o gol. Sente Zé Antônio se aproximando pelo lado, disparado. Ou seria o amigo. Quase é atropelado: cai, voa, uma cambalhota no ar. A canela dói muito com o carrinho do outro. Era o namorado de Magda mesmo, que se afasta. Desgraçado, podia ter quebrado minha perna, pensa. Que isso, reclama o advogado: vamos jogar limpo. O outro faz um gesto, murmura qualquer coisa. Ou xinga: não deu pra ouvir.

Ah, é. Então tá. Júnior bate a falta, toca pra Roque. Ele sente o outro vindo pra cima de novo. Com tudo. Só que dessa vez não, violão: escorrega o pé por cima, um toquinho, a bola desliza entre as pernas do afobado, Roque já está lá na frente esperando por ela. Sente que o cara insiste, vem de novo, a toda, dessa vez por trás. Não precisava, mas quis: com outro toque, quase um carinho, a bola, assim como tinha vindo, encontra o caminho de volta, pelo túnel das pernas, atônitas, perplexas, do adversário — inimigo? Que, desesperado, chuta o ar. E cai, outra vez. Gritinhos vêm da arquibancada: Magda seria. Zufa. Ou Pamelapaloma. Não dava pra saber.

Roque acha Júnior na frente, livre. Chutão: gol. Olha para trás: Zé Antônio está saindo. O jogo termina: 5 a 0.

E falso era o dinheiro que ele me arranjou.*

---

* O GÊNIO. Intérprete: Roberto Carlos. Compositor: Getúlio Côrtes. *In*: Roberto Carlos 1966. LP, faixa 8 (2 min 56 seg).

Não fiz por dinheiro. Mas fez: e o homem gostou. É rico. Gostou tanto que pagou em dobro: peguei, pronto, tudo certo. Não gostei. Bobagem: dinheiro é dinheiro. Vai ser útil pra nós.

Um cavalo, dois cavalos, três

Em casa: qual é a história verdadeira. Quê. O que que aconteceu de verdade, Roque, com os cavalos, a lama, conta, você estava lá em cima do morro, que eu vi, no cavalo, deve ter visto pelo menos uma parte do que aconteceu. Vi. Vi tudo. Então conta: ele estava mentindo, não estava, ele e ela. Não, não. Como não. Não estava. Como não estava. Não estava, Zu, tou te falando. Por que você está protegendo ele. Ele e ela. Protegendo? Você tá maluca, nem conheço o cujo. Então conta o que aconteceu. Foi o que ele disse: ele e ela. Os dois. Pois eu não acredito. Pode acreditar: foi verdade.

Pensou: vi tudo, Só eu vi tudo. Se quisesse podia inventar, sei lá: uma mulher vestida de vermelho saiu na curva, de trás dos bambus, assustou o cavalo que empinou e jogou a moça — Pamelapaloma, no chão. Boneca desmaiada, nem ela viu a dona de vermelho, que desapareceu logo depois. Só eu e o cavalo vimos. Mentira, diria. Verdade, Zu: impressionante. Depois o cavalo atacou o outro, queria morder, queria um pedaço dele, e o sujeito fugiu apavorado. Os cavalos então começaram a rir. E voltaram abraçados para a casa da fazenda. O meu ria também, lá em cima. São amigos. Os três. Camaradas.

Por que que você tá com esse risinho na cara. Nada. Eu não acredito numa só palavra do que eles disseram: tudo mentira. Problema seu. E não sou só eu. Quem, Magda, Roque perguntou. Magda, Magda — a vozinha de novo, de deboche, sacudindo a cabeça de um lado para o outro. Não estou gostando nada dessa sua intimidade com aquela mulher. Intimidade? Ah, Zufa, para com isso.

Pra mim eles inventaram tudo. Como assim. Tava tudo muito certinho: todos os detalhes:

história combinada. É? E o que que você acha que aconteceu. Pra mim eles desceram dos cavalos, largaram os bichos e começaram a se beijar, depois não aguentaram, rolaram na beira do rio, nem tiraram toda a roupa e fizeram ali mesmo. O quê. Ah, Roque, deixa de ser besta.

E você viu: tudo. Vi nada. Viu. Já falei o que eu vi. Mentira. Mentira o quê: e não só sou eu que acha, não, ela acrescentou. Magda, pensou Roque, e ia perguntando de novo, mas dessa vez resolveu calar. Possa ser, disse.

E a mulher de vermelho. Mulher de vermelho, Zufa estranhou. Sim, e os cavalos rindo, abraçados. Ah, Roque, deixa de palhaçada. Palhaçada? Que o quê, palhaçada nada: eu que vi tudo, lembra.

Ausrraime

Astronauta. Quê. Que que é ausrraime. Ã. Ausrraime: você sabe, você escreveu. No dia do jogo. O cara falou. O careca, de bigode. Ah, Alzheimer. É uma doença. Doença. É. Que doença. Você esquece as coisas. Esquece tudo. Chega até a esquecer quem é. Não conhece mais as pessoas. Os filhos. Os nomes. Dá em pessoas mais velhas, Roque. Algumas. Sei. Que horror. Triste. Não saber mais quem é. E daí. Daí o quê. Como é que fica. Os outros têm que cuidar de você. Sei. Que triste. É. Muito triste. Aqui a gente fala: tá gagá. Ausrraime. Triste.

Ausrraime. É assim que eu vou ficar se tiver que sair daqui. Se, não: quando. Afogado. Com o pensamento embaixo d'água, sem poder respirar, afundando, afundando, devagarinho. Esquecendo a mata, Gato, bololô e cachorrinho, paca, tatu, cutia também. Sem poder olhar para aquela árvore que o raio partiu em três no dia da chuvarada e renasceu. Sem poder mais ver a porta podre do galinheiro, que o pai jogou fora e nunca quis fazer uma nova, e os pedaços ainda estão lá, jogados, no lugar que ele largou. Sem nunca mais ver a boia de resina que Sol achou flutuando no lago, pescou com um bambu comprido, encaixou na forquilha da terceira árvore e esqueceu, largou pra trás quando foi embora. Sem poder ver a casa, embaixo d'água, engolida pelo lago, faminto.

Deixa, bobo, larga de besteira: cê vai ganhar um belo dum dinheiro, vai poder levar sua mulher e sua filha pra outro lugar, melhor, isso aqui não ia dar futuro pra ninguém nunca mesmo, não. Dona Cecília disse, na farmácia.
Mudar pra onde. Pra cidade.
Ausrraime, seria.
O nome.

Ti-ti-ti

Para com essa bobagem, Roque. Ti-ti-ti. Para com isso, cê tá me enchendo com isso. Ti-ti-ti. Para, já disse, que coisa mais irritante. Ti-ti-ti. Tá vendo, acordou a menina agora. Tá chorando. Precisa isso. Palhaçada. Ti-ti-ti. Vai continuar, vou embora.

Pra que isso, Roque. O quê. Isso: ti-ti-ti. Para com isso. Parar por quê. Por Zufa: ela está irritada. E começando a ficar preocupada. Com você. É que eu descobri: o passarinho sou eu. Eu sou o passarinho. Que bobagem, Roque. Bobagem, então eu sou o quê. Você é o Roque. Roque Perigo.

Soldado

Engraçado: Roque não se lembrava muito do pai por perto quando ele era pequeno. Nem de em algum momento encostar nele. Só uma lembrança teimava em voltar: estava parado na beira da varanda pensando na vida — na morte da bezerra, como dizia o avô — e sentia um cutucão por trás numa das pernas, na altura do joelho. Era tiro e queda: o joelho baqueava para a frente e ele levava um susto, dava medo de cair. Se estivesse na varanda então. Olhava para trás, rápido, e lá estava o pai, sempre, com os dentes à mostra: não pode ser soldado, mangava, o dedo apontado para o nariz do filho, que quase tocava. Depois descia a escada, rindo: não pode ser soldado.

Uma, duas, mil vezes, repetia o tranco, forte sempre, com o próprio joelho: não pode ser soldado, e Roque jurava: da próxima vez ele vai ver: vou estar preparado, não vai me pegar distraído. E enrijecia o joelho até a perna doer. Posso, sim.

A peneira

E a peneira, tá chegando o dia, perguntou. Ainda falta. Mas. Não tem mas, nem meio mas, ainda falta, já disse, repetiu. Dessa vez mais alto, quase gritou.

Roque não insistiu: o pai era adulto, devia saber. Mas, pelos cálculos dele, o dia devia estar perto. Quase chegando.

E o menino não vai participar da peneira, Perigo, lembrava da pergunta do Zaca Faro, na oficina. Peneira, que peneira. Ué, não tá sabendo? O futebol, vem uns caras aí, de clube grande, da capital parece, escolher uns meninos, pra levar pro clube deles, um dos grandes. Mas tem que ser craque, e seu filho, pra mim, é o melhor de todos. Disparado. O pai sério. O meu joga bem, mas o seu, não tem melhor: craque, Zaca insistiu. Aliás, filho de peixe: quem é que jogava muito, também, perguntou, rindo, dando tapinhas nas costas do pai.

Aquilo sim: era raro ver o pai sorrindo, ver os dentes dele por baixo do bigode, olhou para Roque, botou até a mão no ombro do filho. Claro, você não chegava à altura do seu filho, não, né, Perigo? Não chega aos pés: o garoto é craque, cracão de bola. Joga muito, seu filho. Nunca vi igual. Foradesérie, como os caras dizem. O meu até que joga bem, mas também não dá pra comparar com o seu.

Roque ficou feliz, olhou de novo para o pai, mas só viu a cara fechada, a mão desceu do ombro, o sorriso tinha ido embora.

Não chega aos pés.

Não deixa de trazer, não: o menino tem chance. Muita. Deixa eu anotar o dia, pra você. Foi lá dentro da oficina, voltou com uma caneta. Limpou as mãos sujas de graxa no macacão, rasgou um pedaço de papel, anotou: aqui, toma, não deixa de trazer o menino, não. No campinho: vai ser no campinho.

Embolou o papel e enfiou no bolso, amassadinho. O pai. Roque estranhou. Quis pedir para guardar. O dia. Quase pediu.

A peneira. Ainda falta.

Mas passou muito tempo, não é possível. Mas o pai era adulto, devia saber, confiou: já disse que ainda falta.

Na escola, quando as aulas voltaram, perguntou, daí, o Jairinho: ih, Roque, tá doido? Faz tempo já. Ninguém foi escolhido. Nem Júnior. Disseram que era bom, mas que igual a ele tinha muitos. Não valia a pena, o esforço. Por que você não veio. Todo mundo achava que você tinha chance. Esqueceu?

Roque chorou. Isso foi antes do chute. No cachorrinho. Antes da perna quebrada. Um pouco antes. Nunca tinha se sentido assim, tão triste.

Cadê o garoto. O tal que é craque, o bom de bola, disse o sujeito consultando o relógio dourado, vistoso. Deve estar chegando. Não posso esperar mais: ele não tava sabendo, não foi avisado? Tava, não sei o que aconteceu, deve estar chegando. Se o senhor puder esperar, a gente manda alguém lá, chamar, no sítio da família, não é muito longe: vale a pena, vai ver, o moleque é bom mesmo: Pelé com Garrincha. Não: Gerson, Gerson com Garrincha. Não vou esperar mais não, já esperei demais, olhando para o relógio. Já vi esse filme: quando começa assim. E se nem começou ainda: não consegue nem aparecer no dia marcado. Peneira é coisa séria.

Entrou no carro com o outro e foi embora. Pelé com Garrincha: tá bom. Mais um. Craque de várzea: chega na base, some. Cadê o futebol. Cadê o pelé, cadê garrincha.

Uma bolinha de papel amassada. Pescada num bolso, com as pontas dos dedos: arremessada longe, num peteleco. No mato. Isso Roque não viu.

Quanto tempo da sua vida tinha passado com aquele peso nas costas: o garoto que joga bola. Servia pra quê aquilo. Queria era cantar. Se pudesse, trocava.

Astronauta. Quê. Troca pra mim. O quê. Você sabe. Não sei, não, fala. Sabe, sim, para de mentir. Não sei, me diga. Tá bom: faz eu cantar bem, muito bem. Não posso, Roque: você joga bola bem. Muito bem. É craque. Mas você fez Gato cantar. Pois é, aquilo surgiu, dele. Mas você não sabia quando escreveu que ele atirava pedra bem, muito bem. Não, não sabia. Então por que não inventa isso pra mim: Roque canta bem, muito bem. É cantor. De música. Porque não, não é você: soaria falso. Falso, não entendo. É, falso.

Falso. Não entendo.

Com Sol foi diferente. Outra coisa, outro dia: se for pra continuar assim, melhor parar. Dava pra sentir a raiva do pai: menino, Sol errara mais um passe, era pra devolver pro pai, deu de canela e a bola saiu. Ao contrário do pai e do irmão, Sol não era bom de bola. Era bom de música, violão (por que não cantava — palavras — Roque pensava). Mas no futebol era uma lástima. Melhor parar. E ele parou. O time inteiro parou. Os dois times. Roque rolava a bola devagar.

Sol se esforçava. Não era a primeira: errou uma, errou duas, na terceira o pai explodiu irritado. Se é pra continuar assim. Berrou. Sol parou. Nos pés de Roque, a bola rolava devagar. Esperava.

Acabrunhado, Sol saiu, de cabeça baixa. Mudo, calado como sempre. Rolando a bola de um lado para o outro antes que o jogo recomeçasse, Roque sentiu pena. Sabia como ele se sentia: não pode ser soldado. Daquele dia em diante, Sol nunca mais jogaria bola. Não adiantava insistir. Não ia. Nem dizia por quê: quero não. Nada. Parou de vez.

Mas quando a bola voltou a rolar de verdade naquele dia, Roque ficou tentado: estava com a bola e viu o pai correndo na direção dele, meio atabalhoado. Estranho. Esquisito. Tenso: nem parecia ele, o bom de bola, o Perigo. Estavam em times diferentes: passar a bola entre as pernas. Seria fácil. E Roque esteve prestes a fazer. Desistiu no último segundo. Imaginara a cara do pai. O ódio. Melhor não. Desafiar o perigo: melhor não.

Casa grande

Demorou, Roque. Ela estava me mostrando a casa, Zu. Tanto tempo assim.
A casa é grande.

Entra, Roque, não faz cerimônia.

Buscar a roupinha para a menina, Magda perguntou: não quer. Assim que o jogo acabou. Goleada: 4 a 0. Ou 5, não lembro. Estavam indo embora. Vai lá, Roque, eu espero aqui com Çu, Zufa sugeriu. Tem certeza. Tenho.

É que Magda tinha comentado: a roupinha era um presente para a filhinha de uma amiga, que acabou perdendo o bebê. O jogo acabou, ela se lembrou: estava lá mesmo, na casa da fazenda. Um macacãozinho, lindo. Amarelinho. Ia pegar. Vamos?

Pode ir, Roque. Eu espero.

A casa era grande, muito grande. E limpa, muito limpa, tudo brilhando. Bonita também, linda: Roque nunca tinha visto uma casa assim. Chão de mármore. Madeira, encerada. Cheia de coisas, mesas, cadeiras, sofás, estantes. Poltronas. Tudo caro. Pensou. Nunca teria dinheiro para comprar coisas como aquelas. Se tivesse passado na tal peneira. Claro, precisava ter ido. Esquece, o passado passou.

Ficou com medo de esbarrar em alguma coisa, um daqueles vasos grandes, mais altos que ele em cima dos móveis, derrubar, espatifar aquilo no chão. Ia ter que trabalhar a vida toda para pagar. Gostou muito das pinturas na parede, coloridas, algumas enormes. Nunca tinha visto nada igual. Gostou, Roque, Magda perguntou. Esta é de um pintor famoso, amigo do meu pai. Pintor famoso. Alguém tinha feito aquilo, com tinta e pincel. E tinha ficado famoso. E rico também, seria, Roque não sabia. E tinha vergonha de perguntar. Não perguntou: ficava sem saber. Vem. Pegou a mão dele, conduzindo.

Você jogou muito bem hoje. Obrigado. Você joga muito bem: é craque. Ia dizer obrigado de novo, desistiu. O quarto era grande também. Praticamente do tamanho da minha casa, pensou. Magda abria a porta de um armário, gavetas, procurava a tal roupinha. A cama era grande também, uma cama de casal. Roque parado na porta. Entra, ela disse. Ele entrou. Quer tomar um banho, tá suado. Não, obrigado (nem pensar), Zufa está me esperando.

Ela abriu a gaveta. Tirou um short, chique, uma blusa. Tirou tudo. Achou o que procurava. Achei. Que bom, gritou.

Pintor famoso

Roque pensava, no caminho de volta, com Zu e Çu, no meio da poeira. Pintor famoso: engraçado, sentia que podia fazer aquilo. Pintar. Uma vez tinha pintado a porta nova do galinheiro, de verde, e gostara de tudo, de escolher a cor — lembrava do pai reclamando: que que você tá fazendo. Abre a lata e pinta. Não: queria misturar as cores, a verde com a branca da lata velha que tinha sobrado do tempo do avô, encontrar a cor que estava na sua cabeça, o tom de verde. Depois, a textura. Mais líquida, mais espessa. Gostava daquilo, era como música, uma espécie diferente de música. Agora aqueles quadros: grandes, coloridos. Sentia que podia fazer aquilo. Entendia o que eram, como o pintor tinha decidido juntar uma cor ao lado da outra, de mais outra. Pintor famoso. Como fazer, pensou. Não sabia.

Música ao longe

Música não quer nem saber da família. Nem ouvir falar. Cortou de uma vez por todas com eles. Todos. Só a Mãe continua com ela.

Uns bichos, ela diz: são todos uns bichos. São muito religiosos agora, parece. Roque ouviu falar, negócio de igreja: todos: ela, Ariosto — até a Mãe; reza muito parece. Que coisa. Quanta diferença.

As árvores

Sabiam. É chato dizer isso, soa forçado, mas era verdade: elas sabiam. Roque descobriu isso de uma hora para outra: soube. Nem estava perto da mata quando soube, mas foi como se elas gritassem para ele ouvir: vamos ser afogadas, sabemos. Insuportável aquele grito mudo, e Roque teve vontade de correr. Pra onde.

Roque sabia o que fazer. Sonhou a resposta: talvez. Era entrar no lago, naquela parte rasa, perto da areia, com o peito para o ar, só o peito, o nariz, olhos fechados e ouvir. O quê: os mistérios, a música, não sabia. Só se entrasse.

As respostas. Por que o lago deveria engolir a mata. Não a explicação banal, a hidroelétrica, gerar eletricidade etc. Devia haver outra razão, profunda, Roque cismava. Não eram iguais, irmãos, sempre tinha sentido assim: a mata, o lago. Agora haveria só o lago. Outro lago: inchado, uma represa. Com a mata na barriga. Apodrecendo. Não estava certo. Não podia estar.

No lago

Por outro lado, Roque não queria entrar no lago, deitar-se na água rasa, gelada, para conhecer o que já conhecia. Aquela outra história. Sabia que se entrasse, afundasse, só com o nariz de fora, olhos fechados, veria provavelmente, como num filme passando dentro da cabeça, uma moça morena se despedindo alegre de seu namorado, Juvenal. Juvenal Lata. Roque saberia que a moça era a Mãe e preferiria não continuar a ver o que ia acontecer depois, mas, tendo entrado no lago, submerso, já não podia escolher: o filme passava. Veria então a Mãe, mocinha, correndo desesperada e, sem querer acreditar, saberia que ela fugia de um homem. Mas seria inútil correr, porque, na mata, ele a alcançava e, mesmo que Roque voltasse as costas para a cena, ela entraria em seus ouvidos, aos soluços: os soluços da Mãe. Tão familiares quanto um certo choro atrás da porta. Tão conhecidos para ele que poderia jurar anteriores à própria luz. Só que mais fortes, de agonia. Desespero. Roque então entenderia que tudo teria começado a mudar ali no chão, no meio das folhas, na mata, no lago. Aquele deserto. O início de tudo: uma família. A família Perigo, sua família. Tarde demais para voltar atrás, a Mãe se levantava enxugando o rosto molhado, ajeitando o vestido, meio rasgado: tarde demais. O homem agora tenta beijá-la na face, mas é repelido com um gesto brusco e, se Roque tivesse coragem para se virar e olhar, veria o rosto desse homem e o reconheceria: o pai, claro. Bigode do pai. Mas Roque não precisa entrar no lago para decifrar este mistério: estava tudo escrito. Bem antes do filme passar: ele já sabia. Os mistérios: não estes.

*Um cara em minha frente de repente surgiu.
Sem que eu soubesse de onde ele saiu.*[*]

Juvenal. Juvenal Lata. Agora você já sabe. Vai. Pode ir. Ah, os cabritos, não se esqueça dos cabritos. Pode levar. Leve. Todos. Os quatro. Ou cinco. A cabra também. São seus.

---

[*] O GÊNIO. Intérprete: Roberto Carlos. Compositor: Getúlio Côrtes. *In*: Roberto Carlos 1966. LP, faixa 8 (2 min 56 seg).

À força

Se a vida não te der o que você quer, tome à força, ouvira o pai dizer um dia a Sol, quando ainda eram pequenos, na frente da casa. Sol ouviu calado, encarando. Roque não entendeu direito, mas podia jurar que viu uma faísca de raiva no olhar do irmão. Sol permaneceu parado, quieto, calado, olhando o pai oscilar de uma perna para outra, dar meia volta como se fosse para o lado do galinheiro, desistir e seguir na direção da estrada, aos tropeços.
Força. Onde.

Era como se Sol sempre tivesse sabido. De tudo. Como. Como pode. Roque pensava: será que só ele não sabia de nada. Nunca. Por quê.

Astronauta. Quê, Roque. Você vai escrever o resto, vai. Qual parte. A que não lembro. Ou vou ter que entrar no lago. Vou tentar, Roque, vou tentar.

Tome, Roque, leia o resto.

Leu: Juvenal não se conformava, insistia com a namorada: não muda nada, continua tudo igual, vamos casar, ficar juntos para o resto da vida. Vamos embora daqui. Não, Jove. Por que não. Eu estou esperando um filho dele.

Um filho, eu mato esse desgraçado. Zaca, eu vou te matar. Zaca? Você não entendeu: não foi o Zaca. Quem então: ele. A Mãe fez que sim e Juvenal urrou, de dor e raiva: não podia ser, o melhor amigo, não podia ser. Amigo de infância, amigo da vida toda: o melhor amigo. Não podia ser. Mas era. Eu mato ele. Você não pode: agora ele é o pai do meu filho.

Mas um dia eu mato. Eu espero, mas um dia mato.

Bololô: outro

Continuou andando pela estrada de terra sem saber para onde ia. Deixava que seus passos decidissem quando parar. Foi então que viu:

o feixe enroscado, gosmento, girando em torno de si mesmo. Demorou a entender: cobras, serpentes. Esverdeadas. Muitas. Sabia: no meio havia uma fêmea, os outros eram os noivos. Os celibatários. Será que ela sofria. Não tinha como saber. Bololô, pensou: bololô. Mas aquilo não: era outra coisa. Outro tipo. Diferente.

Roque continuou andando.

Tio

Zufa, porque você não saiu do colo dele. Tinha que perguntar. Resolver aquilo. O quê, Roque. É: por que não se levantou, foi embora. Quando. Quem. Do que você está falando. Você sabe do que eu estou falando. E Roque sentiu a boca seca, as mãos molhadas, um calafrio, vertigem quase, pressentiu convulsões, mas agora não podia parar: é, quando a gente era criança: eu entrei, abri a porta do quarto, você estava sentada no colo dele. A mão na sua coxa. Por que ficou.

Ah, Roque, que bobagem, nem me lembro direito, que mal tinha: tava gostoso.

Gostoso? É, ele não tava fazendo nada demais. Não? Não: só um carinho, depois, era como se fosse meu tio. Tio?

Tio. Roque não conseguia pensar nele como tio de ninguém: carinhoso. Mas adiantava criar caso depois de tanto tempo. Carinhoso. Tio. Tinha que engolir, viver com aquilo. Nem sempre as coisas saem como a gente quer. Nem sempre se ganha.

Tio.

Magda teria sentado no colo dele, não teria se levantado? Não, Magda era mais esperta, Roque pensou (mais esperta que Zu, duvido). Liso, o peixe Magda teria encontrado uma malha frouxa e escapado daquela rede, daquele pescador, será. Pudesse ter sido. Maldito. Roque sentia. Quase um monstro. Quase?

Pedrada: outra

Foi como uma pedrada. E Roque até pensou na outra, a de pedra mesmo. Tudo mudou quando você nasceu. Tudo ia bem até você nascer. Estragou tudo. E mais não disse. Pronto. Só isso. Jogou essa pedra e saiu andando. Roque queria entender, mas não ouviu mais nada. Explicação nenhuma, só aquela culpa flutuando no ar. O que sai da boca.

Por quê. Ele nem era o primeiro filho, por que ele. Não entendia. Nunca ia entender. Estraguei. O quê.

Uma coisa entendeu: que era por isso que tinha nascido meio morto. Uma esperança: do pai. Que nascesse morto. E Roque soube que já sabia disso e que por isso se sentira sempre como se vivesse pela metade: meio morto.

Um morto vivo. Agora entendia. Alma penada.

Leca Pedrada

Aliás, a pedrada — a primeira — na verdade era um sinal. Naquele dia, Roque ia conhecer Leca. Leca Pedrada. Conhecer propriamente, não. Ele só viu a menina. Leca. Leca Pedrada.

Que porra é essa, astronauta. Que merda é essa. O quê. Dessa tal de Leca Pedrada. Que que tem. Não existe nenhuma Leca Pedrada, nunca existiu. Nunca conheci uma menina com esse nome. Muito menos no dia da pedrada. Dormi o dia todo depois da convulsão. Não vi ninguém, menina nenhuma. Eu sei. Você tem razão: nunca existiu, eu mesmo fiquei surpreso. Então por que escreveu. Foi porque encontrei um papel com isso anotado. De antes de continuar a escrever sua história, lá no começo. E daí. Daí que levei um susto; tinha esquecido que escrevera isso. Sua história teria sido outra. Pois é, não foi. Não me arruma mais confusão. Já basta Magda.

Só um pouco: seria assim. Leca era mais alta que Roque. Magra. Muito magra. Magra de ruim, ela achava. Da mesma idade dele, talvez, possa ser. Ou um pouco mais velha, um ano, no máximo. Gostou de Roque de cara. Vai ser meu, pensou. Chegava por trás, derrubava o garoto, dava uma gravata, amarrava numa árvore e lambia o rosto dele todo, selvagem: delícia, dizia. Meu picolé. Meu pirulito. Você é meu. Pra sempre. Só meu. Roque não sabia o que pensar. Gostava daquilo, mas sentia um pouco de medo. Me desamarra, pedia. Tá bom. Mas só se você não fugir. Óquei. Tinha vontade de correr. Esperava passar.

Outra vez, outro dia, ele na árvore, preso, ela desamarrava uma mão (dele), abria o botão do short (dela) e enfiava a mão (dele) dentro. Era molhado, Roque não sabia. Não conhecia. E molinho. Gostava. Cheiro bom. Sentia ficar duro lá embaixo. Nele. Mexia a mão, enfiava o dedo. Queria mais. Não sabia o quê. Para. Agora não, comandava.

Quem é o seu pai. E a sua mãe. Não sei. Não tenho. Morreram. Antes de eu nascer. Então você não tem família, Roque queria saber. Não. Como seria não ter família. Roque não sabia. Queria saber.

Para, astronauta. Rasga isso. Esquece. Tá bom. Só mais um pouco.

Leca adorava Gato também. E ele ela. Se viam de longe, ele na beira da mata, acenava para ela. Ela acenava de volta, rindo, feliz e ele: vem. Ela tinha vontade de ir, mas detestava mosquitos, todo tipo de inseto. Fazia que não: outro dia eu vou.

Leca não tinha seios. E parecia não se dar conta disso. Como um menino, que nunca teve, não sente falta do que não tem nem nunca vai ter: lisa.

Subia em árvores como ninguém. Uma agilidade. Roque olhava aquilo, pensava: se quisesse, ela podia me agarrar e trepar na árvore como se eu fosse um pedaço de pano, um saco de papel, uma casca de fruta. Igual a um leopardo com uma gazela morta na boca que tinha visto na televisão, quando ainda pegava. Menina passarinha, Roque pensava, baixinho.

Um dia o pai viu Roque com Leca. Não quero essa por aqui. Garota pilantra. Vigarista. Roque estranhou: de onde o pai conhecia Leca. Não sabia. Não tinha como saber.

Tudo teria acontecido mais cedo para Roque. E diferente. A vida. Menos amor. Mais paixão. E dor. Uma vida bandida.

Roque teria se sentido usado. Teria ido com ela para a cidade, para a capital, dez anos teriam se passado, quinze, vinte, quem sabe, e ao final teria se sentido usado: uma vida desperdiçada. Seguindo Leca. E a necessidade súbita, imperiosa, de voltar. Para onde.

Chega, astronauta. Chega. Essa não é a minha história. Não quero saber. Não é a minha vida.

Mas podia ser.

Só que não é. Rasga isso. Sério. Volta para o que aconteceu de verdade.

Tá bom.

Volta para história. Vou voltar.

Mas não: Leca nunca existiu. Nunca existiu uma Leca Pedrada. A pedrada foi só o que foi mesmo: uma pedrada. Na testa do pai.

Pronto, Roque, satisfeito.
Un-hum. Rasga isso. Rasga essa porra.

Fios azuis

Roque respeitava os fios azuis, de luz, que corriam para os ombrinhos de Açucena: energia, seriam. Da mata, do lago, pudesse ser. Os mistérios. Não tinha contado para Zufa ainda, nem sabia se devia. Sentia-se culpado por isso, mas toda vez que ouvia o chamado, em determinadas noites sem vento, saía com a menininha no colo e esperava. Logo o movimento começava e as pintinhas eram habitadas, conectadas. Depois, quando terminava, Roque entrava, botava a bebê para dormir e se deitava também.

Nessa noite não. Entrava em casa: que foi. O quê. Por que você saiu com Çu, de madrugada. O que fazer: se contasse ela iria acreditar? Resolveu mentir. Fui tomar uma brisa. Brisa. Não tinha vento, noite parada, sem vento. Você está mentindo. E agora, dizer o quê. A verdade, seria. Mas qual.

Contou: são fios azuis. De luz. Saem das pintinhas vermelhas. Correm para a mata, para o lago. Fios azuis. Você tá inventando isso. Por que faz isso, Roque. Não estou inventando. Então me mostre. Agora não: já foi. Só numa outra noite igual a essa. De jeito nenhum: você não vai mais brincar disso. Não com minha filha. Brincar, não é brincadeira. Não interessa: de jeito nenhum. Acabou. Fios azuis. Só faltava essa. Tá bebendo também, Roque, família maluca.

Roque se preocupava: e com a represa, a inundação, como é que vai ser. Mais do que com a proibição de Zufa, que esperava driblar de algum modo, ele se preocupava: como vão se conectar os fios de luz quando tivermos que sair daqui, quando o lago engolir a mata.

Galinhas

A vida não podia ser só isso: limpar titica de galinha. Como cagam, Roque pensava: quanto mais eu limpo, mais cagam. Parecem umas máquinas de cagar. Máquinas de fazer titica. Mas põem ovos também, Roque, pensa bem.

Que eram bicho burro, danado de burro, não podia deixar de considerar. As galinhas. Mesmo assim gostava daquele movimento quebradinho que elas faziam com o pescoço, virando a cabeça meio de lado. Pássaros burros. Pássaros, não: aves, lembrou, tinha aprendido (na escola etc., você sabe).

Mas agora, aquele azul, sim: pássaro. Saíra, seria. Pudesse ser. Tão paradinha. Nunca tinha visto uma assim tão calma, mansinha, resolveu se aproximar. Vai fugir. Vai não, as galinhas garantiram todas, mudas e, de súbito, ele ouviu, entendeu, no silêncio delas: que era para ir. Se aproximar. E foi. Pé ante pé. Roque ia e o pássaro esperou, no centro do seu azul. Calmo, calmo. E Roque entendeu, bem perto, tão perto que podia tocá-lo: meu avô. Que saudade. Esticou a mão. O bicho voou.
Era só aquilo: as galinhas tornaram a ciscar: có.

Não, você ainda não pode tocar. Ainda não: não tem permissão. Có.

Roupa

Não tinham roupa. É bem verdade que não tinham: só a do corpo. Roque tinha que vestir um calção, lavar calça e camisa e esperar secar para vestir de novo, quando não aguentava mais o cheiro, ou Zufa reclamava: ai, Roque, tá demais, que fedor, vai lavar essa roupa, que que adianta tomar banho e tornar a vestir uma coisa fedida, suja dessas. Imunda. Ela pelo menos tinha dois vestidos, revezava: um no varal secando, outro no corpo. Tinha um short também, blusinhas, podia variar.

E o pior: tanta roupa no armário: do pai, de Sol. Camisas. Calças. Da mãe, de Música: vestidos.

Até do avô, um terno só, de linho branco, com o paletó dele é que fora ao concerto de música, no teatro da prefeitura: era a única peça que admitia usar. Deusmelivre vestir roupas daqueles dois. Pensava em jogar fora, na mata, no lago, na última hora desistia: um dia faço uma fogueira. Zufa também não queria: nossa, já pensou eu vestida com roupa da sua mãe. Ou da sua irmã: me dá até um arrepio. O que fazer: queimar, jogar no lago. Pudesse ser. Adiavam.

Faltava dinheiro. O que tinha era curto, só dos ovos, das frutas, hortaliças, não dava pra nada, só arroz, mesmo, feijão, sal, açúcar, o essencial.

Azeite? Nem pensar, muito caro. De vez em quando um serviço, ajudava numa obra, capinar um terreno, remendar uma cerca, entrava algum. Mas era raro.

Daí veio o convite. Para Zufa: Magda ia se desfazer de umas roupas, queria abrir espaço no armário da casa da fazenda, lembrara dela, mandava a Lurdinha, que trabalhava lá, arrumando, varrendo, perguntar: não se interessava? Tinha muita coisa boa ainda.

E você não quer, a amiga estranhou a reação de Zufa, o silêncio. Já peguei muita coisa para mim, boba, mas o resto ela disse que tinha reservado pra você. Que ia ficar muito bem em você, foi o que ela disse. Tá bom. Vou pensar. Vai pensar? Lurdinha quase gritou: tá maluca, é coisa boa, cara: roupa de gente rica, vai pensar? Tu nunca vai ter dinheiro pra comprar nada igual. Vai pensar. Ã-hã. Vou ver. Obrigado.

Ué, qual é o problema. Qual é o problema, Roque? É, você não quer as roupas, coisa boa. Querer eu quero, claro. Então. Então o quê. Vai lá e pega, ela não quer te dar? Ia responder o quê: que só faltava essa, se vestir com as roupas da outra, tinha cabimento. Preferiu calar: pensasse o que quisesse. Aliás: sabia. Que ele sabia. Por quê.

Para Açucena não faltavam roupas. A bebezinha estava sempre bem vestidinha, uma graça: presentes deixados na porta. De Magda, Roque se perguntava. Pudesse ser. Não, Roque achava que não: Juvenal Lata, seria.

O pai. O avô: era? Juvenal. Seria, Roque não sabia.

Se um dia a Mãe, ou Música, viessem buscar as roupas. Mas nunca vinham.

São coisas que vão ficando para trás pela vida afora: um vestido, uma blusa, uma calça. Você se muda e se perdem de você, vão viver outras vidas, de coisas sem dono. Ou com novos donos. Para onde.

Como a gaiola do passarinho, jogada num canto. Ou a bacia que amparava os enjoos da Mãe. Coisas mortas. Agora sem serventia, sem dono. Inúteis. Coisas sem amor. Desabitadas.

Roque resolve juntar essas coisas. Na sala quase vazia aproxima: uma gaiola, uma bacia, um vestido, um paletó. Uma em cima da outra: equilibra. Uma montanha. Está ficando doido, só pode ser. Pra que isso, Roque. Não responde: devia ter uma razão, só não sabia qual. Mas agora estava mais aliviado.

Outro dia se dá conta: a casa está muda. Agora: muda. A música: não se ouve mais. Desde quando, se pergunta. Não se lembra. Só agora constata: muda. Como se tivesse secado. Uma enxurrada, sons, ele nem conseguia dormir e agora nada, nem um gotejar, um pingo de som: a música secara. A música da casa. Aguça os ouvidos, tenta ouvir, se esforça, nem que seja com os ouvidos da lembrança: nada.

Súbito, um som: outro. Um vagido. Choro de criança, de bebê. É Çu que chora. O som do choro preenche o vazio deixado pela música, agora ausente. A filha expulsou a música, seria. Possa ser. Ou o dono da música. Quem. Se fora: já não habitava. A casa: não mais muda, com outros sons. Outra vida.

Estranha aquela casa, quase igual, só que outra: retratos em todas as paredes. Na sala, retratos da Mãe. Em todas as idades: menina, moça, grávida, rindo, chorando, vomitando, parindo, partindo. Rezando. Como podia: impossível. Roque continuou, pelo corredor, muitos quartos. Entrou num: mais retratos, cobrindo todas as paredes: Sol. Sol tocando violão, Sol andando de bicicleta, Sol com Margarida, Sol trocando o alpiste do passarinho. Outro quarto e era Música, tudo era Música, para qualquer lado que olhasse, Música, Música, Música. Música Maria. Matando a aranha: chinelada. Lavando roupa. De mãos dadas com Ariosto. Casando. Água escorria pela cara: dos olhos. Ficou meio tonto, enjoado, faltavam dois quartos. Três. Abriu a porta do primeiro: era a mata, foi engolfado pelo cheiro: Bololô. O último era escuro, sinistro. Ia entrar no penúltimo. Mas não era preciso: sabia o que o esperava: uma perna quebrada, uma pedrada, cachorrinho. Minhapaca. Zufa, Açucena. Um jogo de futebol. Dois cavalos, três. Não pode ser soldado. A namorada no colo dele. Gaiola vazia. Quis sair.

Essa obsessão com a casa. Por quê. A casa já não existe. Será engolida, afundada, submersa. Pelo lago, sim, mas pelo tempo sobretudo. Sobretudo pelo tempo: ela já não existe, Roque, está vazia. Vocês também já saíram. Da casa: desmontada. Agora só resta cair, desmoronar: já é sua ruína. Agora é a hora do lago, da água: a nova moradora. Permanente.

A sala inundada. As coisas submersas. Montanha. Juntas. Para sempre.
No fundo do lago.

Astronauta. Quê, Roque. Você está sumido. Pois é. Que foi: parou de escrever. Pois é: lendo muito. O quê. Livros, Roque, muitos. Mas não é mais importante escrever. Possa ser. Não fala assim, já pedi. Tá bom, Roque, desculpa, é que eu gosto: me acostumei.

Astronauta. Quê. Quem deixa as roupas, os presentes, as comidas. Não sei, Roque, ainda não sei. Nem eu. Quando souber, me avisa. Sim, se chegar a saber. Nessa vida nem tudo se sabe. Se chega a saber.

E Bololô, Roque. Quê. Queria voltar a escrever sobre. Não sei, astronauta, não consigo chegar lá: na mata, no lago: você disse que ia me ajudar. Pois é, eu sei. Então. Também não sei, não consigo. Saber. De Gato, cachorrinho. Alguma coisa se rompeu. Os mistérios? As distâncias. O lago.

Outro

Dá pra mim. Ã. Dá pra mim. Agora. É, agora. Dou, mas. Sem mas. Arrancou as roupas dela, pau duro, que fome: fome de Zufa. Como nos velhos tempos, no galinheiro, na mata: ai, Roque, que gostoso, mete, mete em mim, mete mais.

Vamos ter outro neném. Será. Será. Por que cê tá dizendo isso. Porque sei. Sabe como. Sei: Gato me disse. Agora? Agora. Gato? Sim, e cachorrinho, bololô: filho, filhinho: fizemos: menino esse, agora: menino. Irmão de Çu. Recomeço. Recomeça. Aqui? Não sei.

Astronauta, você sabia desse filho. Não, Roque, isso foi coisa de vocês, você e Zufa. E é bom, astronauta, vai ser bom. Não sei, Roque, o que que você acha. Não sei. De qualquer modo não sei se vai caber nesta história. Como assim. Neste livro, se chegar a ser impresso. Mas a história acaba com o livro, acaba?

Três sonhos, quatro

Difícil dizer se foi verdade. Se ele sonhou aquilo mesmo. Como nunca contou pra ninguém. Primeiro três sonhos: banais, um por noite.

Magda grávida. No primeiro, se aproximava rindo, na casa da fazenda, no quarto, levantava o vestido, caía uma bola de futebol de salão. No segundo, na noite seguinte, ela vinha. No campinho. Mas não sorria: olhava séria. Num safanão, levantava o vestido: caía uma bola maior, de futebol. Quicava no chão. No terceiro corria, gritava ao rasgar o vestido, a bola, viva, era grande, bem grande.

Mentira. Pura mentira. Você não tem vergonha, devia ter. Astronauta mentiroso.

É tudo mentira, Roque, lembra.

Roque não quer sonhar o quarto: ela chora, é redonda, mas não é bola, está coberta, mas não pelo vestido: por pele. Dela. É feita de osso. E tem dentes. Para não ouvir a gargalhada, Roque acorda.

Mas isso nunca aconteceu, astronauta. Nunca. Nem em sonho: não sonhei. É mentira sua, pura mentira.

Desculpa, Roque, mas como você no alto da colina, em cima do cavalo, eu vi: uma mulher de vermelho, dois cavalos dançando, o terceiro, amigo, lembra. E resolvi escrever.

E na cidade, meses depois uma pequena bola de futebol começa a crescer, uma bola de pele que queria ver o mundo, mas ainda não, e pedia por enquanto as carícias e a música de duas mãos, com dedos longos. De pianista.

Mentira. Astronauta: babaca!

Carne

Carne na mesa. Como assim, nunca tinham recebido carne de presente. Roque desconfiou daquilo. Há tanto tempo que não comiam carne. De galinha, sim, de vez em quando matavam uma. Tinha pena, mas matava: era galinha demais. Agora, de repente, duas, três vezes.

Onde Zufa conseguia carne. Queria saber. Resolveu segui-la, sem ser visto. Levava duas caixas de frutas: mangas e goiabas. Para onde. Que coisa feia, Roque, desconfiando da própria mulher. Pois é. Não acreditou: sentado no banco da praça, viu quando ela entrou no açougue. Esperou.

Cinco minutos, dez, no máximo. Saiu, sem as caixas de frutas. Rindo para trás, para alguém dentro do açougue. Não acreditou no que via: o gordinho, filho do açougueiro, o tal da briga. Agora gordão, substituíra o pai no açougue, já velho. Ria também, divertido. Tapinhas no ombro de Zufa: amigos. Despedia-se, entrou de volta para o açougue. Roque ficou furioso.

Zufa. Virou a cabeça na direção dele, quando ele se levantou do banco. Veio andando rápido. Irritada, Roque sabia. Deu pra me vigiar agora, que vergonha. Vergonha nada: vergonha é você, de risinho com o gordo idiota. Deixa de besteira, Roque. Besteira nada. Dei na cara dele, deixei o bicho sangrando. Dou de novo. Arrebento. Bobagem, deixa de ser ridículo, foi há muito tempo, briga de criança, ele até já esqueceu. Só você fica guardando essas besteiras. Cresce. Esqueceu. É. Aliás ele mesmo tocou no assunto outro dia. Outro dia. É, quando eu fui trocar as frutas pela carne moída, lembra, que você comeu, esqueceu. Hum. Que que ele falou. Disse que mereceu. Mereceu. É: que era muito implicante. Que melhorou depois daquilo. Graças a você. Melhorou. É. É. Mandou até um abraço pra você. Te respeita. Te admira até. Admira. É, me disse: que você é bem diferente do teu pai.

Sobrenome

Vinha do pai o perigo. Da Mãe não vinha. Mais nada vinha da Mãe. Isso o passarinho sabia. Roque sabia? Que a Mãe não ia voltar. Que Música não ia voltar, que Sol não ia voltar. Nem Gato, cachorrinho. Nada volta, Roque. Tudo passa, você também vai passar, vai partir. Gaiola aberta, falta o que para esta história acabar.

Não sei o que te dizer, Roque. Nem como te dizer. A verdade é que tenho um problema: os mistérios. E talvez inveje Çu: talvez seja ela a verdadeira astronauta. Da mata, do lago. O peixe e o pássaro. Eu: será que você me usou, Roque, para escrever sua história, sua própria história. Será. Possa ser. E não: não estou implicando com você agora, não. Talvez: a sua história, a minha. Bololô. Mas falta mergulhar: onde.

Aprofundar, afundar, ir fundo: para onde. Estou perdido, Roque, e você sabe disso. Porque também está: para onde, agora. Não basta saber, não basta dizer, não basta contar. Para onde depois. Bololô: Gato, cachorrinho. A resposta, Roque, onde: a Mãe, a Mãe não volta, você sabe disso. A filha. A filha não precisa de mais nada disso: é bendita. Música, só Música. Maria. Quem então. Os mistérios. Talvez se conseguisse voltar a sonhar. Escrever como se sonhasse, sonhando acordado, aquelas insônias: para onde foram. Passaram. Tudo passa. Roque. Você também vai passar. Tenho que começar a me despedir de você, amigo: contar o final.

Só sei dizer que com ele aprendi.[*]

Roque passa os dedos no cabelo do pai. Uma, duas vezes. Na praça. Afasta uma mecha de franja espetada da testa. Melada. Parou. Não sabia por que tinha feito aquilo.

Um abraço: bicicletas se encontrando, testa na testa. Inveja daquele abraço. Inveja não: ciúme.

---

* O GÊNIO. Intérprete: Roberto Carlos. Compositor: Getúlio Côrtes. *In*: Roberto Carlos 1966. LP, faixa 8 (2 min 56 seg).

Meu pai nunca me deu um abraço. Seria até estranho: se ele se aproximasse para me abraçar, acho até que eu recuaria, assustado. Podia jogar como nunca, ganhar todas as partidas, fazer muitos gols, driblar todo mundo: quando o jogo acabava, Roque corria pra ele, feliz, e se frustrava: parabéns. Jogou bem. Seco. Estava acostumado. Não saberia nem dizer do que sentia falta.

Até que viu: o abraço. Soube. Que falta. Um abraço: pai. Filho.

Sol. A música de Sol. Música. Música Maria. E o tal de Ariosto. Que desgosto: casaram. E nem me avisaram. Gato. Onde. Na mata, no lago, seria. As distâncias.

Aqui é muito desolado, Roque pensou. Um lugar desolado. Nenhuma música tem como florescer aqui. Um deserto. Cafundós. Talvez seja melhor o lago engolir tudo mesmo. Inundar o deserto.

Roque tinha parado de sonhar, os sonhos sumiram, o que dificultava tudo: se voltassem talvez ele soubesse o que fazer, como agir. Sobretudo, como agir. Mas não, não sonhava mais. Dormia pesado, uma noite escura, sem imagens, sem nada. Quando acordava era de repente, perdia o sono de vez. Tinha que levantar, mesmo que a noite estivesse no meio.

Aquilo não era sonho: uma sensação acordada. O pai enredado nas pernas dele. Deitado no chão, enredado nas pernas. O que fazer. Não sabia. Para onde ir. Como. Se livrar.

Nem o que de fato ia acontecer. Não podia ter certeza. A única certeza: enredado em suas pernas. Continuava. Era difícil andar assim, continuar. Viver.

Astronauta. Zufa. Eu. Como é que você encontrou um jeito de falar comigo. Sei lá, a raiva, talvez: raiva acumulada. Raiva de quê. Que pergunta é essa, astronauta: você sabe. Não sei, juro que não. Isso que você está escrevendo: é minha história também. Sim, mas. Mas: você só ouve o Roque, só quer saber do lado dele. Não é verdade: tento ser imparcial. É o que vocês dizem. Sempre.

Não sei o que dizer. Então não diga nada, escuta: que história foi aquela de inventar a tal de Magda. Não inventei nada: Magda existe. Como assim, onde. Na história. Que você está escrevendo. Sim, na sua história, na história de Roque. Mas podia não existir: era só não escrever. É verdade, mas escrevi, assim como escrevi você. Mas podia não ter escrito, até porque eu existo na vida do Roque, enquanto ela. Existem as duas. De modo diferente. Porque escrevi. O que que você acha que é, Deus.

E que porcaria é aquela de outra garota. Qual garota. A tal da Pedrada. Essa mulher nunca existiu. Eu sei. Mas poderia. Merda nenhuma. Não inventa mais problema na nossa vida. Chega. Óquei, Zufa, você venceu: já parei. Risca isso, óquei. Óquei: cortei. Nunca existiu uma Leca Pedrada. Mesmo.

Passarinha. Que raiva. Só me faltava essa.

Agora, Zu, escuta. Não me chama de Zu, não te dou essas intimidades. Certo: Zuphia. Quê. Aquela história de sentar no colo do pai, do Perigo. Que que tem.

Por quê. Sei lá, não foi você que escreveu, devia saber. Mas foi você que viveu. Por quê. Sei lá.

Ovos. Para Juvenal

Quantos ovos. Muitos. Por mais que comessem todo dia, não conseguiriam dar conta de todos. Trocar mais também estava cada vez mais difícil. Roque sabia o que fazer. Decidiu. Juntou quarenta ovos numa caixa. Para Juvenal. Juvenal Lata. Quarenta ovos, não, era demais. Vinte: melhor. Por que Juvenal não criava galinhas, Roque se perguntava. Estranho. Esquisito: todo mundo cria, bicho tão fácil de criar, é só deixar solto por aí, ciscando. Jogar um milho de vez em quando.

Agora tinha que levar lá. No sítio. Dele. Era estranho: tão perto, tão longe. Difícil entrar lá, depois de tanto tempo. Era como se o sítio não existisse realmente, como um lugar. Quer dizer, existir existia, claro, Roque sabia, mas, depois de tanto tempo sem nunca ter ido lá, era como se fosse só uma ideia. A ideia do sítio de Juvenal Lata. Então era preciso coragem para mudar isso: fazer esse lugar se tornar real, viver isso. Entrar. Sabia como: pelo mesmo lugar que os cabritos usavam para passar, antes, quando ainda viviam. Decidiu. Foi. Mais fácil do que esperava, quando viu já estava lá, dentro, caminhando. No sítio. De Juvenal Lata.

Só não contava era com os cachorros. Vieram correndo, três, latindo. Grandes, Com raiva, Muita. Fome até, parecia. Roque ficou gelado. Parou, com os ovos na mão. Os cães chegaram, se aproximaram, desconfiados. Cheiravam as mãos, os pés, as pernas de Roque. De vez em quando um latia: au au au. Então parava. E olhava para Roque desconfiado. Mas sem rosnar; não rosnavam. Roque decidiu: continuou a caminhar na direção da casa, que já via à distância. Verde. Verde clara, de madeira, pintada. Ou azul, não sei. Daqui de longe, confesso, é difícil dizer, não dá para distinguir. Acho que era verde, mais claro que a porta do galinheiro que Roque pintara. Roque se aproximou, observando. Havia um alpendre contornando dois lados e uma janela grande, num deles. Os cachorros a essa altura o acompanhavam, tranquilos, confiantes. Era como se fossem dele, a vida inteira. Roque parou, perto. De dentro da casa ouvia-se uma música. Uma pessoa, de costas para a janela, dedilhava um violão. Às vezes batia na caixa do instrumento marcando o ritmo. Então parou. No silêncio, Roque ficou suspenso. Na dúvida, pensou: Sol? Estremeceu. Não, acho que não. Era Juvenal. Juvenal Lata. Engraçado: não sabia que ele também tocava violão. Caramba, o que é que eu estou fazendo aqui, parado. Decidiu: fazer o que tinha vindo fazer. Deixou a caixa de ovos na escada do alpendre. E se virou para caminhar de volta. A música voltou. Os cachorros o acompanharam até o buraco na cerca. Um deles lambia sua mão.

Na volta, andando pra casa, Roque sonhava ter visto um menino pequeno, magro, sentado no alpendre, só de cueca, com a cabeça entre os joelhos, chorando. Tinha cabelos verdes. Mas sabia que aquilo era sonho. Só sonho. Continuou andando.

Será que ele ia gostar dos ovos.

Despedida

Ele vê a menina, ela está parada, em pé, à beira da mata. À beira, talvez não: perto, mas de onde está não tem como discernir com nitidez. Ela está quase nua, só de calcinha, uma calcinha branca e deve ter uns quatro anos. Ele sabe quem é: Açucena, minha filha.

Çu, o que você está fazendo aí, você cresceu, venha para casa, você pode se resfriar, meu bem. Mas sabe que não: não está frio. Nem quente. Pezinhos no chão, na terra, descalços, a menina estende a mão para o lado e ele então vê, o que na verdade já sabia estar ali: o outro, o animal.

O amigo. Ele lambe a mão da menina, gentilmente. Delicadamente. É um veado. Um pequeno veado. E agora já não: é uma pessoa. Agachada. Um homem, muito magro. Cabeça baixa, mãos pousadas no chão. O cabelo, um ninho de magafagafas. Cheio: com sete. E tem chifres: uma galhada de veado. E a menina toca suavemente, com a ponta dos dedos, as pontas desses chifres. Azuis.

Ele quer se aproximar, mas não pode. Tem que ver de longe mesmo. A menina agora cresceu, usa um vestidinho. Quer saber a cor. Também quero. Amarelo? Não consigo perceber daqui. Nem ele, de lá. Roque está tranquilo. Ela precisa se despedir, sabe. Ele também. Mesmo a distância. Do irmão. Do tio: o padrinho. Ele tem vontade de chorar. Mas é de alegria. Afinal, entende: tinha permissão. Era a testemunha. Espera. Tudo vai se resolver.

O pássaro pousa. Azul. Na mão de Roque. O avô.

Lá fora fazia frio. Tão frio. Roque respirou. Encheu os pulmões. Soltou. O pai e a mãe eram duas figuras pequenas, periféricas: desenhos. Roque teve vontade de chorar. De felicidade. Nunca tinha sido tão feliz. Correu, correu. Para a mata, para o lago. Perigo: sobrenome. Só. Amava: a vida.

Ouve a música: do vento. É um homem bom, que não é mais jovem. Tem cabelos metade brancos, metade vermelhos. E não chora. Nem ri: canta.

No lago

Então entrou. Mergulhou. Então ouviu. Gato dizia. Murmurava, cantava, talvez. Difícil dizer. Calma. Não se preocupe: seremos peixes. Não se preocupe. Fique tranquilo, irmão. Viraremos peixes. Todos. Eu, cachorrinho, paca, tatu, cotia, também. E lobo, raposinha, guaxinim. E tucano, arara. Tudo. Papagaio. Tamanduá, jaguatirica. Porco-espinho. Onça, micos, macacos. Todos. Não se preocupe, não: você se preocupa demais. Nadaremos. Nasceremos de novo: peixes. O ciclo vai recomeçar.

Roque saiu da água. Sabia ser a última vez que encontrava Gato.

Paca, tatu, cotia também. E Bololô. Sobretudo Bololô: os mistérios. É ali. Esquece o lago, a inundação. Nade: vire peixe. Siga em frente: a vida.

Astronauta. Quê. Vou sentir sua falta. Eu também, Roque. Astronauta. Quê. Procure esquecer, siga em frente. Vou tentar, Roque.

Gaiola vazia

Dá medo. Feito sentiu o passarinho quando viu a porta da gaiola aberta: o que é isso, meudeus. Não quero, não posso, fecha, fecha. A minha casa é aqui, é essa, sempre foi, com a porta fechada. Fecha, fecha. Mais medo ainda, maior, naquele dia, naquela noite com o barulho, barulhão daquelas mãos que não conhecia, diferentes das outras que todo dia trocavam a água, trocavam o jornal, o alpiste. Estas não: batiam contra as grades da gaiola, que medo, minhacasa, minha casinha, sempre morei aqui, que eu me lembre e me lembro de tão pouco, quase nada, nem de ontem: ti-ti-ti. Ti-ti-ti. Ti-ti-ti. Mas agora o barulho, barulhão, vou morrer, vou. Vou. Voou.

Voar. Não sabia que podia. Será. Mas tempo de pensar não teve, e se tivesse pensamento teria a tempo, passarinho sendo, será? Só o medo titititititiritiтiiiтiтiтi e sabia: tinha que sair, fugir, despencar naquele vazio a porta sempre fechada agora aberta não conheço nunca fui vou cair pulou: esse vazio será que sustenta como o chão da gaiola, o poleiro, não, cair, vou cair, só que não, sou pássaro, tenho asas e bateu e voou e descobriu que sabia não sabia como, só sabia que sabia: VOAR e o vazio sustentava e progrediu: caminhou: no ar. Voou. Para onde.

Para a mata, para o lago. Seria. Pudesse ser. Se ainda houvesse.

Mato, mata

Cadê meu pai. Não sei, tá sumido. Ninguém vê seu pai por aqui já tem um tempo. Parece que parou de beber.

Parou de beber, como assim. De uma hora pra outra. Estranho. Impossível. Mas cadê ele. Tomou chá de sumiço? Aí tem coisa.

Seu irmão voltou, não? Qual. O mais velho, do violão. Não. Não? Engraçado, podia jurar que era ele, ontem, de bicicleta. Não, acho que não.

Volta pra casa, Roque. Agora.

Da mata um som, um zumbido forte se aproximava. Reconheceu: a música. A música da casa, a música de pedra. Um chamado.

O que é aquilo.

Roque viu. No galho. Pendurado. Preferia não ter visto. Nascido cego, sem olhos, ter visto nada. Trocava: tudo que vira e que ainda ia ver por aquilo. Não ver. Horror. Pingando. Carne viva. Morta. Pendurada. A carcaça de um boi, bezerro. Ou bode. Esfolada. Aliás, esfolado: quem era. Sabia. Não queria saber, preferia não, nem ver. Nada. Não ser. Não ter nascido. O escuro preferia. A noite.

Braços pendurados. Dois.

Então se aproximou. Não queria, queria fugir. Não fugiu: se aproximou, chegou perto, mais perto. Os dedos. Das mãos. Pingando. Ainda. As gotas, as moscas. Roque teve vontade de berrar.

Ti ti ti ti ti ti ti ti ti ti ti ti ti ti ti ti ti ti ti ti ti ti ti ti ti ti ti ti ti ti ti ti ti ti ti ti ti ti ti ti ti ti ti ti ti.

O horror: sabia quem. Sabia. Pingando.

Despiu-se. Ou foi despido: da própria pele. Em carne viva, revelava-se. Não teve mais para onde se esconder. Nem na bebida. Vivera enganando e procurando se enganar, mas isso era mais, muito mais difícil. Sabia: não era.

Nunca seria: o pai, o marido, o amado. Ocupara, à força, o lugar do outro. Quando perdeu as forças para continuar lutando, defendendo o engano, começou a beber. Outra roupa, outra pele, para se esconder. A pele de bêbado: para fugir. Agora, nu, desnudado, restava o quê: sua verdade. Em carne viva: nada. Uma grande mentira. Toda a vida.

Era estranho vê-lo assim: desencapado. E Roque fitou fascinado: um dedo com uma gota de sangue coagulada. Estalactite. Aquela vida, suspensa, agora congelada.

Congelada, a gota diz: é. Não diz mais foi, ou será. É. Acabou, fim. Chance de mudar: nenhuma. Agora não é mais: encontra o que sempre foi: nada além de carne. Para apodrecer.

Significa mais nada para ninguém, se algum dia significou. Vale nada. Nada.

Não era mais o pai. Não era mais Perigo. Apenas uma carcaça vazia. Roque se afastou: era preciso.

Não precisou olhar para o lago para saber que havia um couro boiando, flutuando na superfície. Que não era de bicho.

O mundo vazio.

Gaiola vazia.

Ainda existiam pessoas, ou só almas penadas: teve medo. O silêncio. Queria correr, fugir. As pernas duras: duas pedras. Fugir. Para onde. Para a mata, para o lago. Pudesse ser: não mais.

De costas para a mata, de frente para o lago, Roque compreendeu. A solidão daquela morte. Dera as costas para todos em vida e na hora de sua morte estava sozinho. Ninguém com ele ou por ele. O frio do deserto, de todos os desertos. Vazia. A gaiola. Este o mistério. O último. De todos os mistérios.

Pensou que ia sentir vontade de chorar. Não sentiu. Nem de rir: estava seco. Tudo acabado. O lago agora podia transbordar, inundar tudo. Não importava mais. Nada mais importava: hora de partir. Para onde. O tempo diria. Só o tempo.

Podia ter sido diferente. Podia. Outra história. Agora é tarde. Acabou.

Hora de partir. E esquecer.

O lago: agora pode inundar tudo.

Sim, Roque: e dois cavalos brancos dançam contentes. Não dançam? E o terceiro, passarinho, ri.

Ti-ti-ti.

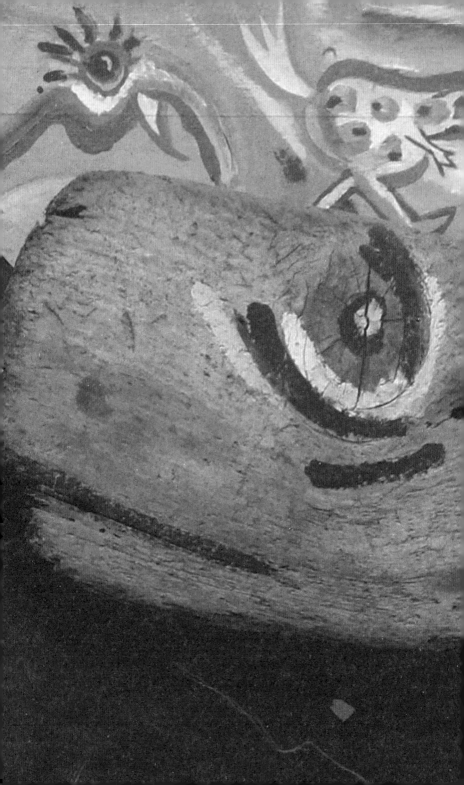

A Editora Senac Rio publica livros nas áreas de
Beleza e Estética, Ciências Humanas, Comunicação e
Artes, Desenvolvimento Social, Design e Arquitetura,
Educação, Gastronomia e Enologia, Gestão e Negócios,
Informática, Meio Ambiente, Moda,
Saúde, Turismo e Hotelaria.

Visite o site **www.rj.senac.br/editora**,
escolha os títulos de sua preferência e boa leitura.

Fique atento aos nossos próximos lançamentos!

À venda nas melhores livrarias do país.

Editora Senac Rio
Tel.: (21) 2018-9020 Ramal: 8516 (Comercial)
comercial.editora@rj.senac.br

Fale conosco: faleconosco@rj.senac.br

Este livro foi composto na tipografia Ibarra Real Nova
e impresso pela Coan Indústria Gráfica Ltda.,
em papel *off white* 90 g/m²,
para a Editora Senac Rio, em outubro de 2024.